AF199765

Tucholsky   Wagner   Zola   Scott   Schlegel
    Turgenev   Wallace   Fonatne Sydow   Freud
       Twain   Walther von der Vogelweide   Fouqué   Friedrich II. von Preußen
                    Weber   Freiligrath   Frey
Fechner   Fichte Weiße Rose   von Fallersleben Kant   Ernst   Frommel
                                                       Richthofen
       Fehrs   Engels   Fielding   Hölderlin
                 Faber   Flaubert   Eichendorff   Tacitus   Dumas
Feuerbach   Maximilian I. von Habsburg Fock   Eliasberg   Ebner Eschenbach
                    Ewald   Eliot   Zweig   Vergil
         Goethe   Elisabeth von Österreich   London
Mendelssohn   Balzac   Shakespeare   Dostojewski   Ganghofer
                    Lichtenberg   Rathenau   Doyle   Gjellerup
     Trackl   Stevenson   Hambruch
Mommsen   Thoma   Tolstoi   Lenz   Hanrieder   Droste-Hülshoff
Dach   Verne   von Arnim   Hägele   Hauff   Humboldt
        Karrillon Reuter   Rousseau   Hagen   Hauptmann   Gautier
              Garschin   Defoe   Baudelaire
       Damaschke   Descartes   Hebbel   Hegel   Kussmaul   Herder
Wolfram von Eschenbach   Dickens   Schopenhauer   Rilke   George
     Bronner   Darwin   Melville   Grimm Jerome   Bebel   Proust
       Campe   Horváth   Aristoteles
Bismarck   Vigny   Barlach   Voltaire   Federer   Herodot
                 Gengenbach   Heine
Storm   Casanova   Lessing   Tersteegen   Gilm Grillparzer Georgy
      Chamberlain   Langbein   Gryphius
Brentano   Claudius   Schiller   Lafontaine
  Strachwitz   Bellamy Schilling Kralik Iffland Sokrates
      Katharina II. von Rußland   Gerstäcker   Raabe   Gibbon   Tschechow
Löns   Hesse   Hoffmann   Gogol   Wilde   Gleim   Vulpius
  Luther Heym   Hofmannsthal   Klee Hölty Morgenstern   Goedicke
     Roth   Heyse Klopstock   Puschkin Homer   Kleist
Luxemburg   La Roche   Horaz   Mörike   Musil
    Machiavelli   Musset   Kierkegaard   Kraft Kraus
Navarra Aurel   Lamprecht Kind Kirchhoff Hugo   Moltke
  Nestroy Marie de France   Laotse   Ipsen Liebknecht
    Nietzsche   Nansen   Ringelnatz
         Marx   Lassalle Gorki   Klett   Leibniz
  von Ossietzky   May   vom Stein Lawrence   Irving
Petalozzi   Knigge
     Platon   Pückler Michelangelo   Kock   Kafka
   Sachs   Poe   Liebermann   Korolenko
     de Sade Praetorius   Mistral   Zetkin

Der Verlag tredition aus Hamburg veröffentlicht in der Reihe **TREDITION CLASSICS** Werke aus mehr als zwei Jahrtausenden. Diese waren zu einem Großteil vergriffen oder nur noch antiquarisch erhältlich.

Symbolfigur für **TREDITION CLASSICS** ist Johannes Gutenberg (1400 — 1468), der Erfinder des Buchdrucks mit Metalllettern und der Druckerpresse.

Mit der Buchreihe **TREDITION CLASSICS** verfolgt tredition das Ziel, tausende Klassiker der Weltliteratur verschiedener Sprachen wieder als gedruckte Bücher aufzulegen – und das weltweit!

Die Buchreihe dient zur Bewahrung der Literatur und Förderung der Kultur. Sie trägt so dazu bei, dass viele tausend Werke nicht in Vergessenheit geraten.

Wippchens Russisch-Japanischer Krieg

Julius Stettenheim

Impressum

Autor: Julius Stettenheim
Umschlagkonzept: toepferschumann, Berlin

Verlag: tradition GmbH, Hamburg
ISBN: 978-3-8424-9367-4
Printed in Germany

Wippchens
Russisch-Japanischer Krieg

und andere Beiträge Wippchens
zur Geschichte des 20. Jahrhunderts.

Von

Julius Stettenheim.

4. – 6. Tausend.

Berlin W. 15.
Verlag von Dr. jur. Demcker, Fasanenstraße 39.
1904.

Der russisch-japanische Krieg.

I.

Tokio, den 2. Dezember 1903.

Trotz ihrer Weiblichkeit ist die Mandschurei der Zankapfel der Neuzeit. Wer mir dies vor zehn Jahren gesagt haben würde, den hätte ich ausgelächelt, daß er mir das Mitleid angesehen hätte. Wer bekümmerte sich um die Mandschurei? Du etwa, lieber Leser? Deine Wangen wären dir eher eingefallen, als dies. Du magst es mir glauben. Kaum wußte man in Europa, wo die Mandschurei liegt, und man hatte die Empfindung, sie wisse es selber nicht. Die Mandschuren waren uns ein völlig fremdes Volk. Während viele Völker bei uns öffentlich auftraten, um sich uns gegen Entree zu zeigen, blieben uns die Mandschuren völlig fern, obschon sie doch gewiß gern Geld verdienten. Wir kannten, wenn nichts weiter, von den Chinesen den Tee, von den Buren die reisenden Generäle, von den Japanern die Operette Mikado, von den Lappen die Flicken, von den Isländern das Moos, von den Eskimos die Kälte, von den Tartaren die Nachricht. Wer hat jemals einen lebenden Mandschuren gesehen? Die Frage nach dem kleinen Kohn wäre rascher bejaht. Und plötzlich liegt die Mandschurei als Zankapfel vor uns!

Ich weiß absolut nicht, wie der Apfel dazu kommt, nicht weit von dem Stamm zu fallen, der einen anderen Stamm in einen Streit oder in eine Fehde verwickelt. Der Apfel ist ja ursprünglich etwas Harmloses, Genießbares gewesen. Man aß ihn, man hatte ihn im Auge, man ging in kein Theater, in welchem er nicht zur Erde fallen konnte, und in der Verbindung mit Schimmel, Wein, Torte und Sine hatte er etwas Vornehmes für jeden, der ihn so erwähnen hörte. Aber was ist mit ihm geschehen! Ich will nicht auf das Paradies zurückgreifen, obschon der Paradiesapfel förmlich dazu zwingt. Das alte Testament wird indes jetzt von jedem babelnden Bübel in Abrede gestellt, so daß man in andere Äpfel beißen muß, z. B. in den des schönen Paris und in den Erisapfel, um zu beweisen, daß der Apfel das Schicksal erleiden muß, sogar bei Gelegenheit der russisch-japanischen Krisis genannt zu werden. Kein anderes Obst wird in dieser Weise verkannt.

Ich wohne im Mikadohof, in dessen Speisesaal allabendlich Versammlungen stattfinden, welche die Regierung wingen wollen, den Russen die Zähne zu zeigen. »Diez Regierung« sagte ein gestriger Volksredner, »will das nicht. Aber warum denn nicht? Wir sind mit China fertig geworden und werden mit Rußland noch fertiger werden. Aber wenn wir uns hüten, mit ihnen – verzeihen Sie das harte Wort! – zu brechen, so werden sie fortfahren, uns auf der Nase herumzutanzen, und das ist ein Tanz, den ich la Décadanse nennen möchte, weil wir zugrunde gehen, wenn wir es uns gefallen lassen. Wir müssen die Russen aus der Mandschurei treiben. (Rufe: Raus! Raus!) Wenn sie sich erst eingenistet haben, dann kriegen sie keine zehn Pferde heraus, genau wie die Rebläuse, die Ratten, die schweren Rätsel. Also: Krieg! Krieg mit Moskau!« Und nun folgte ein Durch und Durcheinander von Stimmen: Krieg! Krieg mit Moskau! daß ich glaubte, in Laubes Demetrius von Schiller zu sein, ein wüstes Schreien, das sich wie ein Kaninchen auf die Straße fortpflanzte, so daß niemand mehr imstande war, sein eigenes Schreien zu hören. Und daran schloß sich der Gesang des neuen Kriegsliedes, das nach meiner flüchtigen Uebersetzung ungefähr lautet.

Sie sollen sie nicht haben
Die liebe Mandschurei,
Nach der sie wie die Raben
Schon schnappen mit Geschrei:
 So lange noch die Mandschu-
 rei in Ostasien liegt,
 So lang' noch mit dem Kantschu
 Der Russe Schläge kriegt!

Sie sollen sie nicht haben,
Die liebe Mandschurei,
So lang' nicht sind die Knaben
Und Mädchen einerlei,
 So lang' noch ganz unmäßig
 Für Frieden schwärmt der Zar,
 Doch ihn zugleich gefräßig
 Stört siebenmal im Jahr.

In diesem chauvinistischen Ton geht es weiter, genau wie in dem Lied »Die Wacht am Sumidagawa«, am japanischen Rhein.

So das japanische Volk. Se. Majestät der Mikado aber hat keine rechte Lust, sich auf das gefährliche Abenteuer einzulassen und die Streitaxt vom Leder zu ziehen. Man stellt sich wohl den Mikado in meiner Heimat anders vor, als er in der Tat ist. Man meint, weil er, von Sullivan in Musik gesetzt, einen großen Lacherfolg hatte, er spiele auch in Japan eine solche Rolle. Weit gefehlt. So wenig wie der Zar, als er noch Zimmermann war, Lortzings Lieder gesungen, oder sie gar, wenn das Publikum es verlangte, wiederholt hat, so wenig geht der Mikado unter allgemeiner Heiterkeit über die Bretter. Ich möchte es überhaupt keinem Menschen raten, hier beim Erscheinen des Mikado zu lachen. Der Lacher würde in demselben Augenblick keinen Schritt mehr unter den Lebendigen wandeln, ohne über seinen eigenen ihm vor die Füße gelegten Kopf zu stolpern. Der Mikado ist ein ernster Monarch, der der Titelrolle in der berühmten englischen Operette so unähnlich ist, wie ein trinkbarer Ti- dem Stachelschwein. Wenn der komponierte Mikado auf der Bühne erscheint, sitzen die Zuschauer, während die Zuschauer, welche sich beim Erscheinen des Originalherrschers nicht erheben und in den Staub knien sollten, ganz gewiß mehrere Tage im Gefängnis sitzen müßten. Wer wie der Kapellmeister vor dem echten Mikado einen Stab schwingen würde, darf sicher sein, daß ihm der Scharfrichter die Henkersmahlzeit servierte, welcher bekanntlich ein ewiges Schläfchen folgt, eine post coenam also, nach welcher von Stehen oder gar von tausend Schritten gehen nicht mehr die Rede sein kann. Nein, nein, dieser Mikado ist kein Operettensänger, ist im Gegenteil ein Herrscher, der keinen Spaß versteht, auch wenn dieser so deutlich wäre, daß ihn jeder verstehen müßte. Er unterschätzt also die Macht nicht, mit der das kriegslustige japanische Volk anbinden will. Kriegslustig! Ist das nicht eine contradictio, welche in einem Widerspruch mit dem Adjecto steht, wie er nicht krasser gedacht werden kann? Krieg und lustig! Gegensätze wie Schaden und Freude, Ver- und Lust, Nase und Weisheit, Mit und Gift usw. Der Mikado sagt sich: »Jeder Anfang mag schwer sein, nur ist nichts leichter, als einen Krieg anzufangen. Aber der Kriegslustigkeit folgt die Kriegstraurigkeit nur zu prompt als ein Bote, dessen Hinken nichts zu wünschen übrig läßt, hinterdrein. Dem

Unheil ist leicht ein Tor geöffnet, aber ich wäre doch einer, wenn ich dem Sirenengebrüll des Volkes folgte. Denn wenn dann der Kriegsgott schief geht, dann will es natürlich niemand gewesen sein, und ich kann dann versuchen, auf dem Sündenbock, der ich schließlich sein werde, die Flucht zu ergreifen. Davon aber will ich nichts wissen!«

Es kommt nun allerdings alles auf die Haltung der russischen Regierung an. Bisher besteht diese Haltung darin, daß sie den Mund hält, keine Silbe laut werden läßt und keine Antwort gibt. Das macht die Japaner nervös, und sie verlangen, daß die Regierung dem Zaren ein derartiges Ultimatum stelle, daß er es für ein derunartiges halten müsse. Gestern sagte ein Landtagsmitglied zu mir: »Wenn ich der Mikado wäre und Sie fragte, was die Uhr sei, und Sie sehen auf die Uhr und geben mir keine Antwort, so würde ich Sie, lieber Freund, zum Harakiri verurteilen. Denn das Antwortgeben ist eine Pflicht. Aber Rußland gibt keine Antwort. Darum würde ich diesem Weltreich den Krieg erklären, der sein Untergang würde. Denn der alte Römer hat Recht: »Die, welche Gott perdere vult, schlägt er mit demantat prius vorher.« Dies ist die zum Krieg drängende öffentliche Meinung.

Ueber das Harakiri das Folgende: Es ist eine barbarische Sitte, welche darin besteht, das man sich auf Befehl des Mikado den Bauch aufschneiden muß, eine Ehrung für den Verurteilten, wenn er von Adel oder ein höherer Beamter ist. Der Gemütsstaat spart die Hinrichtungskosten, und der Verurteilte stirbt als Selbstmörder. Ist das Aufschneiden schon hin- und widerlich, um wie viel mehr ist es das des eigenen Bauches, den man sich in glücklichen Tagen so oft vor Lachen halten mußte und den man sich so gerne vollgeschlagen, wobei man wahrlich nicht an die Scheußlichkeit des Harakiri gedacht hat. Das Harakiri ist einfach eine Unkultur, und die Japaner, welche jetzt Rußland mit einer gewissen Vonobenherabigkeit betrachten, sollten diese Todesart abschaffen, wenn ihnen die Russen nicht mit Recht eines Tages zurufen sollen: »Fege selbst an Deiner Nase vor Deiner eigenen Tür!«

Unterdessen denken England und Frankreich darüber nach, was im Fall eines russisch-japanischen Krieges zu tun sei. Da will ja jeder einen Brocken, unter dem allerdings nicht unser Blocksberg, also ein Stück deutschen Territoriums verstanden werden darf, einstecken. Zugleich tun die Koreaner alles, um ihr gespanntes Verhältnis zu Japan noch schärfer zu spannen, während die Chinesen in der Mandschurei eine sehr feindselige Haltung gegen die Russen annehmen und daselbst die Räuberbanden ärger hausen, als die Schillerschen in einer besonders gut inszenierten Aufführung. Das alles sind Schatten, welche große Ereignisse vorauswerfen, und man braucht nicht einen Haufen Neger vor sich zu haben, um schwarz zu sehen.

Ich will mich aber nicht wie ein Säugling abhalten lassen, trotzdem den furchtsamen Leser mit der Hoffnung zu erfüllen, daß alles noch wieder gut werden könne. Im letzten Moment werden Rußland und Japan sich doch noch die Hände reichen, so daß der jetzt klarsehende Lärm rasch zu einem blinden wird. Vielleicht auch mischt sich der Haager Friedenskongreß nicht hinein, und dann ist das alte Geleise gelegt, in das noch alles wieder kommen kann. Wir wollen es hoffen.

II.

Es ist die höchste Zeit, daß Sie wieder an die Arbeit gehen. Seit dem Weihnachtsfest hüllen Sie sich in Schweigen, während aller Augen nach der Mandschurei gerichtet sind, des Krieges gewärtig, der zwischen Rußland und Japan auszubrechen droht. Solche Weltlage rechtfertigt doch am allerwenigsten das Ruhen einer Feder, welche den Krieg zu ihrer Spezialität erhoben hat. Von allen Seiten fragt man bei uns an, weshalb in unserem Blatte die Nachrichten über die Verhältnisse und Ereignisse in Ostasien völlig fehlen, und Sie scheinen nicht zu bedenken, wie dergleichen das Festhalten der Abonnenten erschwert. Auch auf die Inserate übt es einen schädlichen Einfluß aus. Wir bitten Sie also, Ihre Weihnachtsferien nicht ins Uferlose auszudehnen, sondern schleunigst zur Arbeit zurückzukehren. So erfüllen Sie am besten den Neujahrswunsch, den Sie uns freundlichst geschickt haben.

Ergebenst

Die Redaktion.

*

Bernau, den 9. Januar 1904.

Wohl selten hat sich mein Kopf so wenig zum Photographiertwerden geeignet, als in dem Augenblick, wo ich Ihr sehr geehrtes Schreiben las, welches ich zornig in meiner Hand förmlich zermalmte. Denn wenn ich meinen Kopf fortwährend schüttele, so ist auch der beste Photograph nicht imstande, meine Züge festzuhalten, wie er nicht imstande wäre, Kourierzüge festzuhalten. Denn es fiel mir in dem Augenblick ein, wie Sie immer außer sich waren, wenn ich Ihnen eine Schlacht gesendet habe, die noch nicht stattfand, obschon der Ausbruch des Krieges unausbleiblich gewesen ist. Sie nannten mich in derlei Fällen: voreilig, leichtsinnig, rücksichtslos und einen – verzeihen Sie das harte Wort! – Weichensteller, der durch Uebereifer unsagbares Unglück anrichtet. Und mein Bericht flog wie mit tausend Flügeln in den Papierkorb, aus dem er sich dann niemals in die Druckerei zu schwingen vermochte, ein

Ikarus, der in das ikarische Meer gestürzt war, das ihm seinen Namen verdankt. Meine einzige Freude war dann die, daß Sie mich nicht fluchen hörten. Denn ich begnügte mich nicht mit Tausendmillionen Donnerwettern, sondern erhöhte ihre Zahl auf zwei Milliarden und von dem »Ei verflucht!« strich ich das Ei, welches, weil es wie ein weiches Ei verstanden werden konnte, dem Worte »verflucht« den Ernst nahm.

Indem Sie mir schreiben, aller Augen seien nach der Mandschurei gerichtet, gestatten Sie mir ganz absichtslos, an Ihrer Wahrheitsliebe zu zweifeln. Meine Hand auf Ihr Herz, übertreiben Sie nicht? Aller Augen der Reichshauptstädter mögen, ja, – dies will ich zu Ihrer Rechtfertigung annehmen – nach der Mandschurei gerichtet sein, obschon viele derselben ganz gewiß auf eine schöne Frau, auf ein volles Glas Rotwein, auf die Nummer eines Straßenbahnwagens, auf die Bühne u. s. w. anstatt auf die Mandschurei gerichtet sein werden. Von hier aber kann ich Ihnen mit aller Bestimmtheit berichten, daß ich Ihnen viele namhaft machen könnte, deren Augen es nicht im Traum einfällt, auf die Mandschurei gerichtet zu sein. Sie glauben es nicht? Nun gut, so bitte ich Sie um einen Vorschuß von 50 Mk. Die Folge wird sein, daß, wenn sie diese in Anbetracht des Neujahrs wahrhaft klägliche Summe einzahlen, andern Tags der kaiserlich deutsche Geldbriefträger bei mir eintreten wird und meine Augen auf ihn, anstatt auf die Mandschurei gerichtet sein werden. Wenn Sie dann überzeugt sein werden, daß Sie übertrieben haben, so nehme ich mein Wort zurück und erkläre Ihre Redaktion für eine Ehrenredaktion, und wir haben alsdann das neue Jahr wieder im besten Zweivernehmen angetreten.

Was zu beweisen war.

*

Tokio, den 5. Januar 1904.

Die Lage ist sehr ernst. Heute hatte ich eine Unterredung mit einem Staatsmann, welcher dem Mikado so nahe steht, wie es dieser strenge Monarch nur einem Diplomaten zu gestatten pflegt. Man sagt nämlich sonst: Der oder der Staatsmann, welcher dem Mikado nahe kniet. Ich fragte ihn: Was wird kommen? Er antwortete: Das

Schlimmste. Mars regiert die Stunde. Aber Rußland hat Schuld. Zar Nickel hat angefangen.

Ich: Das wußte ich. Rußland hat die Friedenskonferenz

im Haag gegründet, und seit diese existiert, reißt der Krieg nicht ab.

Der Staatsmann verstand mich nicht und lachte.

Ich: Worüber lachen Ew. Exzellenz?

Der Staatsmann (noch immer lachend): O, ich lache niemals. Zum Lachen habe ich keine Zeit. Wir Staatsmänner würden auch viel eher lachen, wenn wir Zahnschmerzen haben, als wenn ein Krieg im Anzuge ist, d. h. in den Falten der Toga. Ich wiederhole: Rußland hat Schuld, und wenn es nicht so klein beigibt, daß wir es mit bloßem Auge nicht sehen können, dann ist der Krieg da. Es handelt sich für Japan nicht um eine Ak-, sondern um eine Auktion, um das Losschlagen.

Ich: Wenn sie erlauben, halte ich mir den Bauch vor Lachen.

Der Staatsmann: Bitte. Ihr Bauch hat mich verstanden. Es ist unbegreiflich, daß ein sonst so vernünftiges Reich wie Rußland annehmen konnte, Japan werde sich die Mandschurei ruhig vom Brod nehmen lassen. Eher ließe Japan mitten im Sommer fünf Grade unter Null sein, und wenn Rußland noch lange zögert, so wird es sich bald vergeblich nach dem Wirt umsehen, ohne den es die Rechnung zu machen so unvorsichtig gewesen war.

Ich wußte genug. Aber ich hatte eigentlich schon längst genug gewußt. Dazu kommt, daß Japan nicht fürchtet, Rußland werde von irgend einer Großmacht unterstützt werden. Welche Macht hat Geld? Keine. Und womit also sollen sie Rußland die Kastanien aus dem Feuer holen? Mit der leeren Hand? Und wozu? Das Geld hat manche Tugend. Daß es nicht stinkt. wie Vespasians Nase behauptet, das will ich dem Gelde nicht als Tugend anrechnen, denn man kann absolut geruchlos und dennoch ruchlos sein, aber das Geld besitzt die große Tugend, daß ein Staat, welcher es nicht hat, Frieden halten muß. Wo nichts ist, hat der unruhigste Hahn sein Recht verloren und bleibt in Ruh. So wird denn Rußland allein dastehen, wie der Junggeselle, der Eifelturm, der Mann im Mond und der Papst.

Die Aufregung in Tokio ist unbeschreiblich groß. Immerfort ziehen Massen von Japanern durch die Straßen, und wie die Pariser im Jahre 1870: à Berlin! so schreien sie à Petersbourg! während es ihnen gar nicht einfällt, daß das Unternehmen auch noch etwas schiefer gehen könnte, als z. B. der Turm von Pisa schief steht. Kampflust ist aber etwas wie ein Rausch, und im Rausch bemerkt man nicht, wie schief die Haltung gewickelt ist, in die man gerät, ohne es zu wissen. In den Wirtshäusern finden wilde Szenen statt, welche immer blutig werden, wenn irgend ein Gast darauf aufmerksam macht, daß Rußland doch den Sieg mit steifem Arm forttragen könnte. Da wird er sofort gelyncht, fliegt braun und blau auf die Straße und kann froh sein, daß er nicht am nächsten Laternenpfahl einen Geist hat, den er daselbst aufgeben muß, er mag wollen, oder nicht. Die Theater sind überfüllt, aber kaum wird um halb acht Uhr das Zeichen zum Beginn der Vorstellung gegeben, so fängt das Publikum an, die japanischen Nationallieder zu singen. Dann hebt sich der Vorhang, und die Mitglieder der Bühne hören zu, rufen Dacapo und applaudieren. Man begreift nicht, zu welchem Zweck denn eigentlich das Publikum ins Theater geht, denn es kann ja viel billiger auf der Straße, oder im Schoß der Familie singen. Die Mitglieder des Theaters aber sind sehr froh, daß sie für ihre enorme Gage jetzt nichts weiter zu tun haben, als zuzuhören. Solche Zustände schafft der Chauvinismus, eine Krankheit, gegen die keine Medizin gewachsen ist. Was man auch gegen ihn vorbringen möge, man predigt tauben Nüssen.

Alles eilt zu den Waffen. Die sämtlichen Waffenläden zeigen in den Schaufenstern Plakate mit dem Wort: Ausverkauft! und es sind dort nur Briefmarken, Gummibälle, Damengürtel, Zigaretten und andere harmlose Artikel zu finden, welche das Firmenschild am Eingang zu verhöhnen scheinen. Ich muß selbstredend Sechszehn (doppelt acht) geben, daß mir kein deutsches Wort entschlüpft, denn die Japaner würden es für Russisch halten und zehn Minuten später läge ich im Schauhause, wo es keinem Hahn einfallen würden nach mir zu krähen. Dieser Gefahr auszuweichen, bemühe ich mich von früh bis spät, bis jetzt mit Erfolg.

Zum Glück ist der Mikado nicht blind gegen die Möglichkeit, daß Rußland siegen und Japan dann zugrunde gehen könnte. Er sagt sich: »Der Aleabecher (lies phimus) ist leicht geschüttelt und umgestülpt, aber weiß denn der Würfler, was er wirft. Das ist doch kein Werfen wie das Werfen von Jungen, von Schatten, von Speeren und von Schneebällen. Das Jacta von Würfeln ist etwas sehr Unsicheres, man kann, wenn man Glück hat, achtzehn, aber, wenn man Pech hat, nur drei werfen, und dann sitzt man da und macht ein dummes Gesicht, wenn man nicht schon eins hat. Heute bin ich Mikado, aber morgen kann ich Demikado sein, wenn meine Würfel auf die Butterseite fallen. Und dann dauerte es nicht lange, und ich wäre weder Demi, noch Mi, sondern ein Χαδεαυ (gefundenes Fressen) für den ländergierigen Nachbar!«

Dieses logische Denken ist mir eine Gewähr des Friedens, kein Gewehr des Krieges, und ich bin überzeugt: Wenn Rußland auch nur zwei Schritte tut, um Japan drei vom Leibe zu bleiben, so bricht zwischen diesen beiden Reichen wieder, vielleicht ein dreißigjähriger Frieden aus. Will aber Rußland nicht in der angedeuteten Weise die Füße dem Frieden reichen, sondern sattelt es statt dessen die Schlachtrosse im Marsstall, dann können zehn Baroninnen Suttner und zwanzig Haage protestieren und lamentieren, und es wird nichts nützen. Dann werden sich die Schatten, welche die großen Ereignisse schon vorauswerfen, nicht in Sonnenstrahlen verwandeln.

Mögen uns die Tafeln Klios davor bewahren!

III.

Es ist mir mit dem besten Willen unmöglich, das Ende des Zank-
apfels zu melden, welcher nicht weit vom Stamm der Japaner gefallen ist und Mandschurei heißt. Rußland und Japan fürchten sich,
die Rolle des anfangenden Karnickels zu spielen, ebenso aber will
weder Rußland noch Japan den ersten Schritt tun, um die Hand zur
Friedenspalme zu bieten. Und es wäre doch so leicht. Die Tür des
Janustempels darf nicht mit der Tür eines Hauses verglichen werden, an der man liest: Schließt von selbst. Es muß Einer sich finden,
der sie ins Schloß wirft. Aber vorläufig hat Japan eine dringende
Note ins Schloß des Zaren geworfen und wartet nun auf Antwort,
welche Rußland nicht gibt. Japan ersucht Rußland dringend, die
Mandschurei zu räumen, aber Rußland wankt nicht nur nicht, sondern – verzeihen Sie das harte Wort! – weicht auch nicht. Es gibt,
wie gesagt, einfach keine Antwort. Soll das Japan nicht nervös machen? Jawohl! »Jawohl« ist eine Antwort. Wenn der Leser gefragt
hätte, ohne von mir eine Antwort zu erhalten, so hätte er das Recht
gehabt, mich ungezogen zu nennen. Als ich gestern auf der Straße
einen Herrn fragte, was die Uhr sei, weil ich meine hatte – ich bin
oft so zerstreut – im Leihamt liegen lassen, da gab mir der Herr
keine Antwort. Er sah mich an und ging vorüber, wie Minna an
Schiller. Das fand ich ungezogen. Es war ein Russe. Das ist eine
Erklärung, aber keine Entschuldigung gewesen. Dieser Russe wollte
nur seiner Regierung nachahmen und die Antwort schuldig bleiben.
Ich war außer mir, und wenn ich nicht halb schweigend, halb mit-
leidig die Achsel gezuckt hätte, gewiß, dieser Halbbarbar würde
zugehauen haben. Aber nervös hat mich dieses Schweigen gemacht.
Wenn mich der Russe ärgern wollte, so konnte er ja sagen: »Drei-
viertel«, oder »zehn Minuten nach«, es wäre dumm gewesen, aber
doch eine Antwort. Nicht einmal eine dumme Antwort gibt Rußland!

Schlimmer als mit diesem Schweigehund ging es mir heute vor-
mittag mit einem russischen Staatsmann, den ich aufgesucht hatte,
um von ihm etwas Näheres über die Lage der Kluft zu vernehmen,
die sich zwischen Japan und Rußland aufgetan.

»Guten Morgen«, sagte ich im saubersten Russisch, als ich einge-
treten war.

Ich erhielt keine Antwort. Das fiel mir auf. Doppelt sogar. Einmal
überhaupt und dann auf die Nerven.

»Exzellenz können sich wohl denken,« begann ich, »weshalb ich
komme. Europa ist beunruhigt. Die Haltung Rußlands ist ihm rät-
selhaft, denn sie stellt den Frieden in Frage. Weshalb läßt die russische Regierung die japanische auf Antwort warten.

Der Staatsmann schwieg.

»Das mag ja richtig sein,« erklärte ich, um ihn nicht merken zu
lassen, daß ich eigentlich Grund gehabt hätte, ungehalten zu sein.
»Aber der Mikado versteht das nicht und fühlt sich in seinem Stolz
verletzt. Wird das nicht die schlimmsten Folgen haben können?«

Der Staatsmann gab mir keine Antworte

»Nun also!« rief ich, als habe er meine Frage bejaht. »Wenn eine
Antwort alles wieder in einen Status bringen kann, wie er Quo ante
gewesen, weshalb erfolgt sie nicht?

Der Staatsmann hielt schweigend den Mund.

»Das ist bedauerlich«, meinte ich, den Aerger unter drückend.
»Der Krieg kann für beide Teile schlimme Folgen haben. Glauben
Sie überhaupt an den Krieg?«

Der Staatsmann verhielt sich ebenso einsilbig, wie es die Worte Ja
und Nein bekanntlich sind.

»Ich weiß genug!« warf ich ein, statt in einen erregten Ton zu fallen, welcher den eintretenden Sekretär hätte zur Folge haben können, und entfernte mich. Als ich draußen war, hörte ich den Staatsmann »Schafskopf!« rufen, womit er ohne Zweifel den Diener meinte, der an derlei gewöhnt zu sein scheint, denn ich hörte ihn lachen.
Das Los eines russischen Untergebenen muß kein beneidenswertes
sein.

Ich kann mir das echt russische Schweigen allerdings erklären.
Rußland hat zwar Zähne, ist aber noch nicht bis an sie bewaffnet. Es
zieht seine Truppen zusammen, aber das Fazit dieser Addition gefällt ihm noch nicht. In Rußland ziehen sich Truppen nicht so leicht

zusammen, wie sich etwa Gewitter zusammenziehen. In Port Arthur liegen oder stehen etwa 20 000 Mann, aber für die japanischen Kanonen, welche einen glühenden Heißhunger haben, reichen sie als Futter nicht aus. Rußland spielt also gewissermaßen in einer Art Lotterie, um Zeit zu gewinnen, welche die Armee braucht, um die ungeheueren Entfernungen zurückzulegen. Aber auch Japan braucht Zeit, wie das liebe Brot, um sich vollständig zu rüsten, es bildet mit Rußland ein Rüstpaar, ein richtiges para bellum. Es fragt sich nur, wer von Beiden zuerst fertig wird. Das Beste wäre schon, Beide würden dies nicht, denn ich fürchte, daß es ein Kampf wird zwischen Goliath und David, nur daß der Goliath schließlich über den kleinen David triumphieren wird. Denn Rußland bleibt doch immer ein Riese, dem Japan nicht gewachsen ist, oder höchstens bis zur Taille. David schlug die Harfe und Goliath, aber ich fürchte, es ist dies nur ein Märchen. Wenigstens heute, wo sich die Harfe wohl diesen Sadismus gefallen läßt, aber der Stärkere und Größere doch immer über den Schwächeren und Kleineren den Sieg im Schnupftuch davonträgt.

Die Hauptstadt ist noch immer in großer Aufregung. Die Bewohner wollen den Krieg. Es fällt ihnen nicht ein, daß auch die Pariser eines Tages den Krieg wollten, ihn auch bekamen und nicht lange nachher froh waren, wenn sie am Sonntag anstatt des Huhnes eine Ratte im Topf hatten. Der Chauvinismus hat es in sich. Viele wünschen blind- und taublings den Krieg herbei, – ich nenne sie Tokidioten, ohne zu bedenken, daß der Mars auch wie ein Betrunkener schief gehen und auf die Nase fallen kann. Dann ist es natürlich zu spät. Man spricht nicht ohne Grund von einem Kriegsspiel. Einer gewinnt, der andere verliert. Natürlich können die Gegner über die Russen siegen, wie sie über die Chinesen gesiegt haben, es kann aber auch sein, daß die Russen die Oberfaust gewinnen und Tokio belagern. Der Zar ist ein Gemütsmensch. Der Pardon, den er nicht gibt, ist wohl allgemein bekannt. Er nimmt keine Rücksicht, aber sonst Alles, was er kriegen kann. Wer könnte ihn als Sieger verhindern, den Mikado vom Thron zu stoßen und ihn nach einem russischen Wilhelmshöhe zu verbannen? Seit Akiba ist ja alles schon einmal dagewesen.

Vorgestern wurde Marquis Ito zum Mikado berufen. Man weiß, was Ito ist. Ein Marquis. Dann wurden sämtliche Minister hinzugezogen. Die Sitzung dauerte sieben Stunden. Von gut unterrichteter Seite wird mir mitgeteilt, daß die Politik den Gegenstand der Beratung bildete. Der Mikado ließ sich über die Verzögerung der Antwort Rußlands zu Worten hinreißen, die der Zar zum Glück nicht gehört hat. Er rief einmal: »Der erhabene Selbstherrscher aller Reußen, Unser geliebter Bruder, sind etwas saumselig.« Man kann sich denken, wie der genannte Marquis und die übrigen anwesenden Diplomaten aus ihrem Häuschen waren, als sie den Herrscher von einem Ebenbürtigen in so respektlosen und kecken Worten sprechen hörten. Als aber der Mikado merkte, welchen Eindruck der Ausruf, zu dem er sich hatte hinreißen lassen, hervorgebracht hatte, lenkte er ein, indem er alles zurücknahm, den Zaren für einen Ehrenselbstherrscher erklärte und anordnete, daß seine Worte nicht in dem Regierungsblatt bekannt gegeben werden sollten. Dieser Vorfall mag auch als Beweis dafür gelten, mit welcher Höflichkeit zwei Monarchen miteinander verkehren, welche mit einem Fuß im Kriege stehen, der Tausenden von Landessöhnen das Leben kosten kann.

In dieser Sitzung sprach man auch davon, Japan Alliierte zu verschaffen. Amerika und England wurden vorgeschlagen. Marquis Ito aber warf sich zu den Füßen des Mikado, genau wie sein Titelvetter in Schillers »Don Carlos« zu den Philippschen Füßen, und bat um Gedankenfreiheit. Der Mikado gab sie ihm und erhob ihn dann zu seinem sonderbaren Leibschwärmer. Hierauf ergriff der beglückte Marquis das Wort über die Freundschaft Amerikas und Englands und schilderte, wie die Freundschaft Amerikas den Japanern, wie die Freundschaft Englands den Buren bekommen sei. Die Hörer saßen da auf das Tiefste wie vom Schlage gerührt, und selbst dem Mikado sträubten sich die allerhöchsten Haare. Die Mitglieder der Konferenz sahen ein, daß Japan Kopf und Kragen an solche Alliierte verlieren könnte, worauf der Mikado ihnen befahl, den Antrag einstimmig abzulehnen, was denn auch geschah. Die Abstimmung wurde durch Hammelsprung vollzogen. Sämtliche Staatsmänner traten durch die Neintüre ein, während an der Jatüre ein Henker aufgestellt war, welcher den Auftrag erhalten hatte, jedem Eintretenden den Kopf vor die Füße zu legen: eine der unblutigsten Wahlhandlungen der letzten zehn Jahre!

Es darf nicht verschwiegen werden, daß Rußlands offizielle Presse fortwährend die Friedensliebe des Zaren betont. »Der Kosack«, den ich eben gelesen habe, druckt aus dem Regierungsblatte »Die Knute am Montag« folgendes Exposé ab: »Es ist richtig, wir rüsten. Wir haben eine kolossale Armee auf die tönernen Füße gebracht, und täglich wächst uns ein neues Regiment in der flachen Hand. Aber das geschieht nur, um Handel und Industrie zu unterstützen. Es ist wahr, daß in Liaojang tausend Wagen zum Transport von Munition und Vorräten requiriert worden sind, wir können aber diese Sachen doch nicht tragen lassen. Ungeheure Kohlenmassen sind nach Port-Arthur geschafft worden, aber irgendwo müssen die Kohlen doch liegen. Damit ist noch nicht gesagt, daß wir uns mit Kriegsgedanken beschäftigen. Wäre dies der Fall, so würden wir wenigstens einen Schuß fallen hören. Es ist aber überall still, als wenn Pilze aus der Erde schießen. Das kann man doch nicht Pelotonfeuer und Flintenknattern nennen. Japan darf ruhig sein. Es in einen Krieg zu verwickeln, das fällt uns nicht in Morpheus' Armen ein.«

Man mag nun über Rußland denken, wie es nicht wolle, diese Sprache ist nicht die einer Regierung, welche alle fünf oder gar alle zehn Finger nach den eisernen Würfeln leckt. Immerhin wird Japan die Augen offen und die Kanonen trocken halten müssen. Ich traue der russischen Regierungspresse nicht, so lange in ihren Artikeln zwischen einer Zeile und der anderen etwas Raum zum Lesen ist. Wer russisch lesen kann, lasse es sich ins Deutsche übersetzen, und er wird finden, daß die Fortdauer des Friedens durchaus noch nicht feststeht. Man muß dabei immer an die Campanile denken, die doch auch eines Tages feststand.

In allen fünf Weltteilen ist der Frieden immer nur ein Campanilefrieden.

IV.

Herrn *Wippchen* in Bernau.

Besten Dank für die Vernichtung der russischen Flotte durch die japanischen Torpedos. Sie stellen dieses Ereignis mit einer überraschenden Lebendigkeit dar, und ganz gewiß hätte Ihr Bericht die Leser ungemein gefesselt. Aber dies kann doch nicht der alleinige Zweck eines Berichtes sein. Ohne Zweifel haben Sie den Inhalt irgend eines erlogenen Extrablattes für authentisch gehalten, ein Uebriges hinzugetan und so die russische Armada aus der Welt geschafft. Warten wir also mit dem Abdruck, bis Ihr Bericht durch die Tatsachen aktuell wird, und senden Sie uns baldigst eine wenigstens halbwegs glaubhafte Darstellung des Beginns eines Krieges, welchem Sie Ihre ganze Aufmerksamkeit widmen müssen.

Ergebenst
Die Redaktion.

*

Bernau, den 14. Februar 1904.

Wenn Sie eine Ahnung von der Arbeit hätten, welche mir die Vernichtung der russischen Flotte verursacht hat, so wäre es Ihnen vielleicht nicht eingefallen, mein Feuilleton zu vernichten, mit dem ich so vielen Lesern gewiß eine Freude bereitet hätte. Jedenfalls ist die Vernichtung einer Flotte mit der eines Feuilletons nicht in einem Atemzuge zu vergleichen. Ganz abgesehen von allem übrigen: volle drei Stunden kostete mich der Grund, in welchen ich die russische Flotte bohrte, während die Seite, zu welcher Sie meinen Bericht schoben, kaum zwei Sekunden in Anspruch nahm. Wenn Sie mein Manuskript angesehen hätten, so mußten Sie bemerken, mit welcher Sorgfalt die russische Flotte von mir zerstört worden war. Ich habe ganze Sätze ausgestrichen und durch neue ersetzt. Die Namen der Admiräle bereiteten mir große Schwierigkeiten, da mir nicht ein einziger bekannt war. Die Namen der im ersten Anlauf zerstörten Schiffe hatte ich aus demselben Grund zu erfinden und ich gab ihnen daher Namen, welche an die Vergehen und Fehler der russischen Regierung erinnerten, um mein Strafgericht wenigstens allen zivilisierten Lesern in milderem Licht erscheinen zu lassen: ich nannte sie Finland, Kischenew, Sibirien, Absolutismus usw. Das ganze Manuskript ist in den Schornstein geschrieben, und ich möchte meine Dinte mit dem Schweiß vergleichen, welchen Sisyphus vergoß, indem er das geflügelt gewordene Felsstück vergeblich auf dem Berg festzuhalten suchte. Und dennoch ist mein Los bedeutend nietenhafter. Denn wenn ich Sisyphus gewesen wäre, so wäre es mir auch gleichgültig gewesen, ob das Felsstück oben oder unten gelegen hätte. Ob mir aber eine ganze Flottenvernichtung gedruckt wird oder Manuskript bleibt, das ist doch wahrlich ein Unterschied wie zwischen Kabale und Liebe, Hero und Leander, Arria und Messalina, Zar und Zimmermann, Lorbeerbaum und Bettelstab und andere Repertoirestücke.

Ich will indes auch heute nicht zu den tauben Ohrenpredigern gehören, sondern das Unvermeidliche mit jener Würde tragen, welche jede Vertraulichkeit entfernt. Aber ich muß Sie doch darauf aufmerksam machen, daß in dem vorliegenden Kriege kein gewöhnlicher Maßstab an meine Berichte gelegt werden darf. In diesem Kriege werden die Enten in ungeheuren Schwärmen in die Erscheinung schwimmen, wird das Blaue derart vom Himmel herunter gelogen werden, daß diese Farbe überhaupt nicht mehr zu sehen sein wird, wird so gelogen werden, daß man sich vergeblich nach einem Balken umschauen dürfte, welcher sich nicht biegt, und werden die Lügen so kurze Beine haben, daß man nicht wird begreifen können, wie sie vorwärts kommen. Man wird sich an diese Tatsache gewöhnen müssen. Wenn in russischen Blättern über eine Schlacht berichtet werden wird, welche den Russen Hunderte von Toten und Verwundeten kostete, so wird man lesen, daß sich während des Kampfes die Zahl der Lebenden durch die Niederkunft zweier Marketenderinnen auf dem Schlachtfeld um fünf vermehrt habe, da die eine von Zwillingen, die andere von Drillingen – verzeihen Sie das harte Wort! – entbunden worden sei. Fliegt ein Schiff in die Luft, so darf man sicher sein, daß das Regierungsblatt das Wunder melden wird, die Flotte sei während des Kampfes durch zwei aus der Luft heruntergeflogene Schiffe bereichert worden. Mit bedeutend weniger Vorsicht aber ist die Nachricht aufzunehmen, daß ich gezwungen bin, Sie um einen Vorschuß von 40 M. zu bitten. Es ist dies die volle Wahrheit, aber so traurig sie auch klingen mag,

sie wird nicht länger so klingen, als bis zum Eintreffen der 50 M.,
oder sagen Sie lieber: der 60 M., um das halbe Hundert noch etwas
voller zu machen.

*

Tokio, den 12. Februar 1904.

So leben wir denn mitten im zerschnittenen Tischtuch! Nachdem
Japan in der Nacht vom 8. auf den 9. die russische Flotte angegriffen
und stark beschädigt hat, befahl der Zar, dies für den Beginn der
Feindseligkeiten zu halten, worauf Japan den Russen den Krieg
erklärte. Dies war das Signal für beide Mächte, mit aller Deutlich-
keit ihre Friedensliebe zu betonen. Rußland setzte in einer Note
auseinander, welche Opfer es gebracht habe, um den Frieden auf-
recht zu erhalten, und Japan versandte eine Zirkulardepesche, in
der es schilderte, was es getan habe, den Krieg zu vermeiden. Mit
einem Wort: Jetzt will es keiner gewesen sein!

Seit Würfel fallen und zum Schwert gegriffen wird, hat es noch
keinen Krieg gegeben, welcher wußte, wer ihn angefangen hat.
Immer waren beide von Friedensliebe beseelt und der andere hat
die Schuhe an, in welche der Krieg geschoben wird. Keiner grub die
Streitaxt aus, keiner öffnete den Janustempel. Man suchte nach dem
Karnickel, aber das Kaninchen war nicht zu finden, es ging ihm wie
dem Drachen, dem Lindwurm, der Hydra, dem Minotauros, dem
Cerberus und anderen Ungeheuern, von denen man immer liest, die
aber noch niemand von Angesicht zu Angesicht gesehen. So wird
denn auch dieser Krieg das Land und den Meeresspiegel mit Blut
düngen, ohne daß Klio im stande sein wird, die Furie, welche dem
Frieden den Giftbecher reichte, also gewissermaßen die Ur-Hebe,
beim rechten Namen zu nennen.

Als die Nachricht von dem Erfolg bei Port Arthur hier eintraf,
war der Jubel kolossal. Nur mit Mühe gelang es der Polizei, die
Extrablatthändler vor der Gefahr, zerrissen zu werden, zu schützen.
Die hübschen Japanerinnen wurden von ihnen unbekannten Herren
auf offener Straße umarmt und teilten deren Freude. Ich selbst
wurde von einer reizenden Frau umarmt, die mir sagte, sie habe
noch nicht zu Mittag gespeist, und mich in ein Restaurant führte.
Überall floß der trockene Henkell in Strömen. Das Volk zog vor das

Schloß des Mikado, der auf dem Balkon erschien, den Fußfall der Bürger gnädigst entgegennahm und dann ankündigte, daß er zur Feier des Sieges ein Japantheon errichten lassen werde, in welchem die Helden von Port Arthur begraben werden sollten. Alle Schulen wurden geschlossen, und die Knaben ernannten die Schwächeren zu Russen und prügelten sie in die Flucht, deren Wildheit die Zuschauer sehr unterhielt.

Einem Russen, der in seiner Equipage durch die Straßen fuhr, wurden von einigen Erbfeinden die Pferde ausgespannt und an einen Roßschlächter verkauft. Abends war Tokio glänzend illuminiert, und tausende von Glühstrümpfen verscheuchten die Dunkelheit, so daß die Nachtwächter jubelnd ihre Posten verließen. Bis zum frühen Helios setzte sich der Siegesrausch in den Wirtshäusern fort, wo sich der Haß gegen Rußland dadurch Luft machte, daß nicht eine einzige Portion Caviar oder Starlet bezahlt wurde, wenn sie bestellt und verzehrt war.

Der Angriff der Japaner überraschte die Russen vollkommen, so daß sie völlig die Fassung verloren und sich erst erholten, als es zu spät war. Ich kann es verstehen, daß die Russen über diese Art des Kriegführens außer sich sind und ihre Niederlage nicht gelten lassen wollen. »Nichtsahnende Feinde überrascht man nicht«, sagen sie sehr entrüstet. »Das ist geradezu ein Mißbrauch des Vertrauens, mit dem Rußland in den Krieg zog. Im Frieden haben Überraschungen einen Sinn. Eine Geliebte überrascht man mit einem Diamantring, und doppelt, wenn es Tait ist. Eine Frau überrascht man mit einem Hausfreund, oder sie überrascht ihren Gatten durch die Geburt eines Kindes. Diebe werden überrascht und dadurch verscheucht. Dergleichen Überraschungen sind nicht zu vermeiden, und immer wird es solche geben. Aber im Kriege ist es unanständig, mit Torpedos ins Haus zu fallen und wie Zieten aus dem heiteren Busch oder wie der Bergesalte aus der Felsenspalte im Schillerschen »Alpenjäger« gegen den Feind zu rücken und scharf zu schießen. Das sollte im Haag verboten werden!«

Bedenkt man, daß der Haag ein Werk des Zaren ist, so möchte man sich doch vor Lächeln den Bauch halten! Wie man hier allgemein erzählt, hat Frau Baronin v. Suttner sich an den Zaren mit der Bitte gewendet, den Krieg im Keim zu ersticken. Der Zar wird ihr geantwortet haben: »Beigehend ein Besen, mit dem Sie gefälligst vor Ihrer eigenen Tür fegen und den Sie dann in der Wirtschaft nützlich verwenden können. Stopfen Sie ihre Strümpfe, aber keine Friedenspfeife für mich. Das werde ich, wenn es Zeit ist, selbst besorgen.« Das wäre die beste Antwort zur Charakterisierung der Friedensliebe des Zaren!

Der Einzug der Japaner in Söul, der Hauptstadt von Korea, gestaltete sich zu einem interessanten Triumphzug. Die Japaner waren in Tschemulpo (sprich: Tschemulpo) gelandet und marschierten auf Söul los, fest entschlossen, von ihren Waffen Gebrauch zu machen, wenn dies nötig werden sollte. Zum Glück für die Besatzung von Söul fanden sie aber keine vor, und da, soweit das Japanerauge reichte, die Kanonen nur gähnten und sich kein Hahn an einer Flinte rührte, so fand der Einzug ohne Störung statt. Die Söuler empfingen die Einziehenden mit dem lauten Hurra der bilderreichen chinesischen Schrift und führten sie in die Quartiere, wo mit Rum bedeckter Tee ihrer harrte und später getanzt wurde. Die auf Korea lebenden Chinesen scheinen ihren einstigen Feinden verziehen zu haben, daß sie besiegt worden sind. Jede Revancheidee haben sie ans Bein gebunden, und das finde ich klug. Nicht wie die Franzosen sind sie jeden Augenblick bereit, die alte Scharte hervorzuholen, um sie auszuwetzen, sondern sie sagen sich, daß beim Auswetzen auch ein neues Unglück passieren könne.

Es ist nun anzunehmen, daß die Russen sich rasch von der Niederlage ihrer Flotte erholt haben und in der Hoffnung daß ihnen auf dem festen Lande das Glück statt den Rücken die Vorderfront kehren wird, die in und um Söul liegenden Truppen angreifen werden. Ich eile morgen nach Korea, wenn Mars meine Gegenwart nicht an einer anderen Stelle fordert. Ich sehe einen Krieg entbrannt, dessen Länge, in die er sich ziehen kann, nicht abzusehen ist. Es ist eine bange Frage: Wird das Rollen, in welches der Stein kam, bald aufhören, oder wird die lange Bank, auf welche der Frieden geschoben scheint, länger sein, als dies für Europa ersprießlich ist?

Wer kann diese Frage bejahen oder verneinen! Ich halte meinen Mund, wenigstens für nicht weise genug, ein entscheidendes Ja oder Nein zu sprechen.

V.

Die Reise von Tokio hierher mache ich nicht zum zweiten Mal. Ich freue mich zu sehr, daß das Auge, mit welchem ich davonkam, leidlich blau ist. Mit einer Not, die bedeutend knapper war, als der ärmste Mann sein kann, entging ich der gesenkten Fackel des Genius. Als ich mich an eine Gesellschaft wendete, um mein Leben gegen Unfälle zu versichern, wurde ich gefragt, warum ich ohne meinen Wärter hergekommen sei. Als ich den Herrn nicht verstand, sagte er, auch daraus schließe er, daß ich verrückt sei. Indem ich nun meine rechte Hand erhob, warf er mich hinaus, und das war sein Glück, denn sonst hätte ich ihn sicher in ein Handgemenge verwickelt, welches rasch in ein Faustgemenge übergegangen wäre. Trotzdem reiste ich ab. Es war eine gefahrvolle Fahrt. Wenn man ein Meer zu passieren hat, auf welchem die Torpedos zweier Mächte, die sich den Untergang geschworen haben, arbeiten, so liegt die Zukunft des Reisenden nicht auf dem Wasser, oder nur in der Weise, daß sie jeden Augenblick von den Wellen verschlungen werden kann. Die Kugeln pfiffen ein Lied ohne Worte, welche etwa lauteten: »Denke an den Memento mori!« Mir war es, als sei ich ein dramatischer Dichter, welcher bei der Uraufführung seines Stückes pfeifen hört. Man mag über Geschütze denken, wie man wolle, aber man muß mir zustimmen, wenn ich sage: »Indem sie – verzeihen Sie das harte Wort! – speien, verletzen sie jedes Anstandsgefühl, ganz wie ein Mensch, der es in unserer Gesellschaft tut.« Mit Recht ist es in jedem Straßen- und Eisenbahnwagen verboten. Ich mußte viel über das Wort »Geschütz« nachdenken. Kommt es von Schützen, wie Gelächter von Lachen, wie Gekose von Kosen, wie Gesang von Singen? Der Kapitän des Schiffes, den ich fragte, nahm die Zigarre, die ich ihm anbot, das war aber auch die einzige Auskunft, die er mir gab. Geschütz kann nicht von Schützen kommen, denn man fühlt sich niemals so schutzlos, als wenn eine Kanone vom Gähnen ins Speien kommt und rücksichtslos in den Tag hinein feuert, Festungen rasiert und Menschen und Eigentum vernichtet.

Niemand wußte mir auch zu sagen, aus welchem Grunde das gelbe Meer das gelbe Meer heißt. Es ist so wenig gelb, wie das rote Meer rot, der stille Ozean still, die schöne blaue Donau blau, die

Wasserhose eine Hose, die Windsbraut eine Braut ist. Mit demselben Recht könnte man den Zaren einen Landstreicher nennen, weil er Japan von der Landkarte streichen möchte. Aber ich hatte wenig Zeit, mich mit derlei Fragen eingehend zu beschäftigen. immerfort schwebte man in Gefahr, von umherfliegenden Geschossen getroffen zu werden. Ich war froh, als ich endlich Port Arthur erreicht hatte.

Die Russen können sich noch immer nicht über den Erfolg der Japaner beruhigen. Ihr Kriegsplan war folgender: Die russische Flotte sollte sich mit dem Wladiwostok-Geschwader vereinigen, und nachdem sie die japanische Flotte unrettbar in den Grund gebohrt, eine große Armee in Japan landen, die direkt auf Tokio marschieren sollte und zwar so rasch, daß dem Mikado keine Zeit blieb, die Flucht, geschweige denn eine andere Maßregel zu ergreifen, sich der Rache Rußlands zu entziehen. Admiral Stark des Flaggschiffs »Petropawlowsk« hatte den geheimen Befehl, den in seine Hände fallenden Beherrscher Japans standesgemäß zu behandeln, ihn also nicht knuten oder gar erschießen zu lassen. Es war ihm ausdrücklich zur Pflicht gemacht, mit ihm zu verkehren, wie deutscherseits mit Napoleon verkehrt worden war, nachdem er von Sedan aus seinen eingesteckten Degen dem Sieger übergeben hatte. Dem Mikado sollte die gelbe Jacke nicht ausgezogen, er sollte überhaupt in dem Glauben gelassen werden, daß er noch auf dem Repertoir sei. Dann war bestimmt, daß er mit dem größten Teil der gefangenen japanischen Armee nach St. Petersburg geführt werden sollte, wo am ersten März der feierliche Einzug stattfinden werde. Der Newskij-Prospekt sollte für diesen Triumphzug auf Kosten der Privatschatulle des Mikado glänzend ausgestattet werden, es koste coûte qui coûte. Die Losung sei: Nicht knausern in den Sack des Feindes hinein! Die via triumphalis-Straße sollte in noch nicht dagewesener Weise mit eroberten Fahnen geschmückt erscheinen und die gefangene japanische Kernarmee durch ein Spalier von vernagelten Kanonen marschieren. Am Abend werde die Hauptstadt glänzend illuminiert und es dem Mikado gestattet sein, sich auf einer Rundfahrt von dem Glanz der Illumination und dem Jubel der Bevölkerung zu überzeugen.

Die Ausführung dieses Plans ist nun auf eine calendas graecas vertagt, dessen Ende nicht abzusehen. Das Los der Russen gleicht dem großen, von welchem ein Spieler träumt und das überhaupt in der Trommel des Waisenknaben liegen blieb. Nach dem Post nubila kein Phoebus, so weit das Auge reicht. Die erste Niederlage der Russen ist nicht niederer zu denken. Wenn auch Schiffe durch Schaden klug werden könnten, so wären jetzt die Schiffe der russischen Flotte durch den ihnen von den japanischen Torpedos zugefügten die klügsten Schiffe aller Seemächte. Schweigend liegen jetzt diese Schiffe im Hafen, denn sie sind meist am Schnabel schwer verletzt. Sie werden nächstens in den Trockendocks ausgebessert, aber es wird lange dauern, bis sie wieder das Bett des Meeres besteigen können. Es war ein Schlag, den ich ein *See*dan nennen möchte, der 8. Februar war ein 2. September, den der 10. nicht vertragen kann. Die Wolken, aus denen die Russen gefallen sind, verdunkeln die Sonne von Austerlitz, von der der Zar geträumt hat, die japanischen Torpedos schossen die Russen vom Erhabenen zum Lächerlichen. Wer nicht leben mag, braucht hier nur hiervon zu sprechen, sofort hört er das Gras wachsen, in das er beißen wird. Denn die Russen kennen sich nicht vor Wut. Der Wirt des »Knuthof«, in welchem ich abgestiegen bin, sagte heute zu mir: »Haben Sie jemals einen größeren Zwerg gesehen als dieses Japan? Ja? Dann gebe ich Ihnen einen Tritt, daß Sie aus der Tür fliegen. Und dieser Zwerg tritt uns in unseren Fußstapfen auf die Hacken, uns, deren Mund schon größer ist als dieser ganze Feind! Verkehrte Welt! Das Rad schlägt den Pfau, die Stunde schlägt die Uhr, der Baum schlägt den Holzhacker, der Schüler schlägt den Sadisten, die Trommel schlägt den Tambour, die Augen schlagen die Jungfrau zu Boden. Haben Sie geglaubt, daß Rußland von einem Knirps, einem Däumling, einem Liliputaner geschlagen werden kann? Dann sind Sie ein uneheliches Kind des Todes!«

Es fiel mir nicht ein, Ja zu sagen. Aber auch das Nein wollte nicht aus dem Mundwinkel heraus. Rußland ist mit seiner ewigen Vergrößerungssucht für die Welt der Positiv des Komparativ Laster, um nicht einfach Last zu sagen. Darum wäre es gut, wenn diesem Länderfresser einmal der Appetit etwas verdorben und ihm auch die Maske des Friedensstifters vor die tönernen Füße gelegt würde.

Ich habe hier das neueste Nationallied »Des Russen Vaterland« von einem Kosakenquartett singen hören, welches deutlich zeigt, wie sich die Russen den Zukunftsstaat denken. Hier einige Strophen:

> Was ist des Russen Vaterland?
> Ist's, wo des Zaren Wiege stand?
> Ist's, wo der Finne schäumt vor Wut?
> Ist's, wo der Nilschlamm Gutes tut?
> > O nein, o nein, o nein, o nein!
> > Sein Vaterland muß größer sein!

> Was ist des Russen Vaterland?
> Ist's Deutschland? Ist's das Ungarland?
> Ist's Persien? Ist es die Türkei?
> Ist's, wo sich dehnt die Mandschurei?
> > O nein!
> > Sein Vaterland muß größer sein!

> Was ist des Russen Vaterland?
> Ist's England? Ist's das Dänenland?
> Ist's, wo der Schwede Hölzchen schnitzt?
> Ist's, wo der Ibsen dichtend sitzt?
> > O nein!
> > Sein Vaterland muß größer sein!

> Was ist des Russen Vaterland?
> Ist's Frankreich? Ist's das spansche Land?
> Ist's China, wo am Bambusstock
> Der Trank wächst für die five-o-clock?
> > O nein!
> > Sein Vaterland muß größer sein!

> Was ist des Russen Vaterland?
> Ist's Japan? Ist es Niederland?
> Ist's dort, wo Prag und Königgrätz?
> Ist es, wo die United states?
> > O nein!
> > Sein Vaterland muß größer sein!

Was ist des Russen Vaterland?
So nenne endlich mir das Land?
So weit der Wutki prächtig schmeckt
Und besser als Bordeaux und Sekt!
Das, wackrer Russe, nenne Dein:
Der ganze Globus soll es sein!

Und nun nenne der geehrte Leser mir einen Operngucker, ein Teleskop oder irgend ein anderes Instrument, welches tiefer blicken läßt als dieses Lied!

Wie in allen Kriegen, so wird von beiden kriegführenden Mächten der Himmel um Sieg gebeten. Der Freund sagt, er sei mit ihm, der Feind sagt, er sei gleichfalls mit ihm. Beide erklären, ihre Sache sei die gerechte. Nun tritt in dem vorliegenden Kriege der eigentümliche Fall ein, daß der Japaner einen ganz anderen Himmel hat als der Russe. Es kann also sein, daß beide erhört werden und mithin beide siegen. Was dann? Es wäre dies vielleicht die beste Lösung des Knotens, als welchen jetzt einer den andern erklärt. Dann wäre dem Zankapfel ein rasches Ziel gesetzt, der doch in den Falten seiner Toga einen Weltkrieg verbergen könnte, ganz abgesehen von dem Schaden, den er schon jetzt dem Leben und Eigentum der Menschen zufügt. Nie hat der Kugelregen befruchtend auf die Felder gewirkt, nie hat der Kanonendonner die Luft gesäubert, nie hat der Sturm auf eine Batterie ein Land von Miasmen gereinigt. Niemals hat es auch eine Lauer gegeben, auf welcher so viele Großmächte lagen, wie in diesem Augenblick. Mit den Augen des Argus betrachten sie die Situation, als wäre diese die Kuh, welche der genannte Wächter zu hüten hatte, und wehe dem Weltfrieden, wenn sich der Funken findet, welcher dem Pulverfaß den Boden ausschlägt!

Vor Port Arthur nichts Neues. Aber das Alte ist schlimm genug.

VI.

Alles deutet darauf hin, daß Port Arthur eingeschlossen wird. Wenn ich einen Russen sehe, so halte ich ihn für den letzten Mann, bis auf welchen die Festung verteidigt werden soll. Es wird ein Kampf werden, dessen Härte einer besseren Sache würdig wäre und nichts zu wünschen übrig lassen wird. Um die Gefahr der Aushungerung und Ausdürstung zu beseitigen, werden ungeheure Massen von Proviant aufgestapelt. Viele Magazine sind mit frischem Brot angefüllt, alle Felder sind mit – verzeihen Sie das harte Wort! – Rindvieh bevölkert, auf den Hühnerhöfen werden unzählige Mengen Geflügel zum Eierlegen angehalten, und für die Lieblingsspeise des russischen Soldaten, das Talglicht, ist reichlich gesorgt. Wie vorauszusehen war, sind arge Fälschungen der Armeelieferanten an den Tag gekommen. In den Talglichtern fehlte der Docht. Ebenso sind tausende von Austernschalen leer und ebenso viele teuer berechnete Schafe überhaupt nicht gefunden worden. Gegen diese gewissenlosen Lieferanten ist sehr streng verfahren worden, indem sie von den Beamten, welche diese Unredlichkeiten entdeckten, gezwungen wurden, den Gewinn mit ihnen zu teilen. Die Decke, unter welcher die Armeelieferanten mit den Militärbeamten stecken, ist groß und der Zar weit. Natürlich haben die russischen Behörden sich auch die Erfahrungen des belagerten Paris zunutze gemacht und für den Fall, daß die Belagerung von Port Arthur länger als nötig dauern sollte, Vorkehrungen getroffen. In allen Fünfkopekenläden sind gemästete Ratten paarweise zu haben, ebenso Kochbücher, welche die Damen in der Kunst, Pferde zu bereiten und Hunde mundgerecht zu machen, unterrichten.

Die Erregung gegen die Japaner ist eine ganz maßlose geworden. So hat der Festungskommandant die Direktion des Stadttheaters gezwungen, allabendlich und am Sonntag auch nachmittags den »Mikado« aufzuführen, damit das Publikum den Darsteller der Titelrolle bei seinem Auftreten derart mit Trommeln und Pfeifen empfangen kann, daß er sein Auftrittslied nicht zu Ende zu singen vermag. Alsdann verlangt das Auditorium stürmisch das russische Stück »Nachtasyl«, welches dann unter fortwährendem Applaus zur Aufführung gelangt.

Mir geht es natürlich unter diesen fanatischen Ausbrüchen der Wut nicht sonderlich erfreulich. Es ist nur gut, daß ich mich bemühe, russisch zu sprechen, infolgedessen mich die Russen für einen Franzosen halten, der längere Zeit in England gelebt hat. Und für die Franzosen schwärmen die Russen wie die Bienen um ihre Körbe, ich fürchte nur: wie Marquis Posa sonderbar. Sie rechnen nämlich darauf, daß sich die Franzosen eines Tages zwischen sie und die Japaner werfen. Die Franzosen werden sich hüten. Das Feuer, aus dem sie die Kastanien holen sollen, brennt vielleicht den Russen auf den Nägeln, aber für die Russen durch dies Feuer zu gehen, dazu müßten sie denn doch bedeutend salamander sein, als Menschen zu sein pflegen. Es ist und bleibt aber interessant, wie zärtlich die Russen jeden Franzosen, den sie auftreiben können, behandeln. Ich weiß dies aus eigener Erfahrung, denn sie halten mich für einen Franzosen, wie ich soeben mitgeteilt habe. Wo sie mich sehen, laden sie mich ein und trinken sie Brüderschaft mit mir, daß meine Nase sich nur mit Mühe der Kupferfarbe zu entziehen vermag. Dann werden sie zärtlich. Ich sei einer der schönsten Franzosen, so schön auch alle sein mögen, und aus meinen Augen steche die Spitze der Zivilisation, an der Frankreich marschiere. Und ich möchte ihnen doch die Beresina nicht mehr übelnehmen, sollte bedenken, daß die Russen vom 26. bis zum 29. November 1812 durch Napoleon, der ja ein ausgezeichneter Mensch gewesen sei, sehr nervös geworden waren und sich außerdem in der Notwehr befanden, welche leicht zu Exzessen verleite. Es sollte auch ganz gewiß nicht wieder vorkommen. Nie wieder. Auch sei ja jetzt längst Gras, in welches leider so viele beißen gemußt, indem sie ins Wasser stürzten, darüber gewachsen. Dabei werden mir fortwährend die Hände gedrückt und geschüttelt und man klopft mir auf die Schulter, daß ich dann und wann Au-au-aura popularis! schreien muß. Auf diese Weise suchen die Russen jeden Franzosen sich geneigt zu machen, immerhin ein Beweis, daß sie fürchten, mit den Japanern nicht allein fertig werden zu können.

Vor einigen Tagen war ich an das Ufer der Halbinsel Liaotung (sprich: Liaotung) geeilt, wo die Landung japanischer Streitkräfte stattfinden sollte. Port Arthur wird nämlich auch vom Lande aus eingeschlossen werden. Und bald nach meinem Eintreffen hörte ich auch schon die Regimentsmusik der japanischen Belagerungstruppe in der Ferne, welche sich näherte. Ich hörte einen Marsch, welchem ein in letzter Zeit vielgesungenes Spottlied: »Haben Sie nicht den kleinen Zar gesehen?« zugrunde lag. Die Soldaten waren lustig. Als ich einem eine Zigarre anbot, sagte er zulangend: »So werde ich Port Arthur nehmen!« zündete sie sofort an und setzte hinzu: »Und so an allen vier Ecken anstecken, wenn es sich lange besinnt, die Tore zu öffnen!« Ich warnte ihn vor seinem Optimismus, worüber er lachte, weil er keine Silbe verstand, und dann, da er meine Adresse nicht kannte, versprach, mir eine Ansichtspostkarte zu schreiben. So schieden wir.

Die Siegesgewißheit der Japaner flößt mir Bedenken ein. Ich habe immer gefunden, daß die Nürnberger Recht behielten, wenn sie keinen henkten, den sie nicht hatten, und daß der Bär noch erst geboren werden muß, dessen Fell zu verkaufen wäre, bevor man ihn angebunden hat. Ich erinnere nur daran, daß die Franzosen im Jahre 1870 einen Spaziergang nach Berlin unternehmen zu wollen erklärten und nicht wenig erstaunt waren, als sie plötzlich in den Gepäckwagen standen, um aus der Haut in die deutschen Festungen zu fahren. Der Flug des Ikaros aus Kreta wurde zu Wasser, indem dieser Wachsflügler ins Meer fiel, und als die Titanen den Olymp stürmen wollten, stieß sie Zeus in den Tartaros, fern von Madrid darüber nachzudenken. Aber da war es zu spät. Als Moltke einmal sein Schweigen brach, sagte er: »Erst wägen, dann wagen.« Aber die Japaner scheinen das nicht zu wissen, und es ist daher möglich, daß ihrem Wagen ein Rad verloren geht. Wer mit dem Kopf durch die Wand will, hat es seinem eigenen Kopf zuzuschreiben, wenn die Wand fester ist als der Kopf, und von den tausend Masten des Jünglings fehlen leicht einige Nullen, wenn er als Greis in den Hafen kehrt. Ich fürchte sehr, daß die Japaner Zechpreller sind, indem sie die Rechnung ohne den Wirt machen.

Der Statthalter Alexejew, einer der ersten Staatsmänner des Buchstaben A im Konversationslexikon, wartet alles ruhig ab. Ich sprach ihn heute. »Ich habe alle Hände voll zu tun,« sagte er, indem er mir keine reichte, die ich hätte schütteln können, »es wäre mir also angenehm, wenn Sie mich bitten, sich kurz fassen zu dürfen. Sie wollen wissen, ob die Japaner Port Arthur nehmen werden. Wenn wir es ihnen geben, so wären sie ja Esel, wenn sie es nicht täten. Aber sie können es so lange belagern, bis sie aus der gelben die schwarze

Rasse werden. Es will mancher höher niesen, als ihm die Nase gewachsen ist. Festina mit Lente! Ich weiß nicht, ob Sie Rom kennen, aber ich weiß, daß es nicht an einem Tage erbaut ist. Wenn Port Arthur belagert wird, so wird es auch nicht an einem Tage erbaut sein, aber wenn die Japaner glauben, es in ebenso kurzer Zeit vom Erdboden rasieren zu können, so müssen sie schon eine sehr gute Seife haben. Port Arthur ist eine bittere Medizin, die nicht leicht einzunehmen ist. Unsere Kanonen sind nicht von Pappe, sondern von Krupp, und wo sie hinschießen, da wächst kein Gras, sondern nur ein mit Fersengeld gefüllter Juliusturm.«

Ich wollte noch etwas fragen, aber Alexejew rief aus: »Es tut mir leid, daß Sie so pressiert sind, ich hätte Ihnen gern noch mancherlei anvertraut. Also – ein andermal.« Nun blieb ihm nichts anderes übrig, als sich zu entfernen.

Vom Strande aus sah ich mir dann die japanische Flotte an, welche auf den Wellen der Ehre umherkreuzt. Von den Torpedobooten tönt das Lied »Die Wacht am Port« herüber. Dann und wann fällt ein Schuß ins Wasser und zertrümmert den Meeresspiegel, in den eben noch die Sonne geblickt hat, und getroffene Fische erscheinen auf dem Wellenschaum und legen sich auf den Rücken, um anzudeuten, daß ihr letztes Sekündlein geschlagen habe. Aber man sieht, wie die Flotte näher und näher rückt, und vielleicht schon morgen werden ihre Kanonen Tod und Verderben auf die Mauern der Festung gähnen. Wahrscheinlich werde ich dann nicht mehr hier zu treffen sein, ich hoffe im Gegenteil, die Stadt verlassen zu haben, die überhaupt leer ist. Alle haben die Flucht ergriffen, die keine Waffen trugen. Namentlich die Frauen und Mädchen, worüber die Soldaten außer sich sind. Daß die Soldaten von den Mädchen verlassen werden, ärgert sie sehr, denn bekanntlich lassen sie immer die Mädchen sitzen, auch wenn sie von diesen mit allem ernährt worden sind, was sie ihren Herrschaften vom Munde absparen konnten. Das ist alles wie comme chez nous. Die Soldaten leisten in Treuefalschschwören das Donjuanmögliche, dann kehren sie den armen Schönen den Rücken, der ja auch seine Reize hat.

Nun aber haben die Mädchen den Spieß umgedreht, indem sie, allerdings der Not gehorchend, davongingen. Da jammern jetzt die

Soldaten und singen trübselig das alte russische Volkslied, dessen erste Strophe lautet:

In meinem kühlen Kopfe
Dreht sich ein Mühlenrad,
Mein' Liebste ist verschwunden,
Das mich gefüttert hat.

Ich möchte nach Wei-hai-wei. Der Name dieser Stadt gefällt mir so. Er paßt auf diesen Krieg wie der Mund Fausts aufs Auge Gretchens, also so, wie irgend etwas anderes gar nicht besser passen kann. Ich erinnere mich aus meiner großen Praxis keines Krieges, in welchem ein so geeignetes Wort aufgetaucht wäre, wie in dem gegenwärtigen das Wort Wei-hai-wei. Alle Großmächte, alle Börsen, alle Zeitungen schreien Wei-hai-wei, und sie werden es so lange schreien, bis dieser Krieg endlich einen Sand finden wird, in welchem er verläuft.

Wann wird dieser Sand gefunden werden, und an welchem Meeresstrand wird er liegen? O Wei-hai-wei!

VII.

Wei-hai-wei, den 11. März 1904.

Wie ich in meinem jüngsten Bericht mitteilte, gedachte ich nach Wei-hai-wei zu übersiedeln, und ich habe diese Absicht auch ausgeführt. Nach einer sehr beschwerlichen Reise bin ich hier eingetroffen und habe im »Pechhof« ein mit allen Unbequemlichkeiten der Neuzeit ausgestattetes Logis gefunden. Wenn wenigstens die Zimmerratten das Ungeziefer vertilgen wollten, dann ginge es noch. Ich sprach mit dem Wirt darüber: »Sie müssen die Ratten auf das Ungeziefer abrichten,« sagte ich zu ihm. Er meinte nun, das hätten ihm schon sechs Gäste geraten, aber sie seien alle verrückt gewesen.

Es ist dies ein neuer Beweis dafür, daß Wei-hai-wei ein Name ist, wie er noch in keinem Kriege meiner langen Praxis passender für das herrschende Elend existiert hat. Hier gedenke ich auch einige Zeit zu bleiben. Hier tritt einem das Elend dieses Krieges überall entgegen, hier wird weder über-, noch untertrieben, hier ist alles ehrliches Gejammer et **Gezetera**, dies liegt in der Geschichte der

Stadt begründet, welche erst einfach Wei hieß. Aber in allen in Ostasien geführten Kriegen ging es der Stadt Wei sehr schlecht, so daß der Kaiser von China in seiner unendlichen Güte, als sie halb niedergebrannt war und er ihr wieder auf die Beine helfen wollte, ihr den Namen Hai anhing, womit gesagt sein sollte, daß die Stadt als des Meeres Hyäne alles verschlingen möchte, was ihr von Nutzen sein könnte. Wei-Hai bekam aber nichts zu verschlingen, sondern wurde immerfort von Einquartierung, höheren Steuern, einer kleinen Garnison usw. heimgesucht, und so tat der Kaiser, dessen unendliche Güte wirklich noch immer jeder Beschreibung spottete, ein übriges und hing an Wei-Hai noch ein Wei, so daß man, wenn man Wei-Hai sagte, zwar schon ein tiefes Bedauern aussprach, durch das Doppelwei aber eine ganz besondere Ehrung ausdrücken sollte.

Hier ist auch das Zarenlied entstanden, welches die Stimmung des Kaisers von Rußland deutlich wiedergibt und ziemlich trostlos nach der Melodie des alten: »Das Schiff streicht durch die Wellen« wie folgt lautet:

> Das Schiff streicht durch die Wellen,
> > Wei-hai-wei!
> Da nah'n die Mordgesellen,
> > Wei-hai-wei!
> Und es wird gepiffpaffpufft,
> > Und sie sprengen
> > Dann in Mengen
> Leut' und Schiffe in die Luft.
> > Wei-hai-wei! ach, Wei-hai-wei!
>
> Zu Wasser und zu Lande,
> > Wei-hai-wei!
> Kommt die verruchte Bande,
> > Wei-hai-wei!
> Und fliegt, als müßt's so sein.
> > Wie per Radtour
> > Nach Port Arthur,
> Und da schließen sie uns ein.
> > Wei-hai-wei! ach, Wei-hai-wei!

Es ist nicht auszudenken!
      Wei-hai-wei!
Es muß den Zar doch kränken.
      Wei-hai-wei!
Daß der Japanerstaat
      Nicht peccavit,
      Nein, wie David
Ihn durchbläut, den Goliath!
      Wei-hai-wei! ach, Wei-hai-wei!

Baschkir, Kosak und Lappe
      Wei-hai-wei!
Sind doch auch nicht von Pappe,
      Wei-hai-wei!
Und schießen guten Muts,
      Doch, o Grauen!
      Durchgehauen
Werden sie von Liliputs!
      Wei-hai-wei! ach, Wei-hai-wei!

Wie stimmen diese Hiebe
      Wei-hai-wei!
Doch Väterchen so trübe!
      Wei-hai-wei!
Ach, oft ukast jetzt er:
      Welch ein quälend
      Großes Elend!
Es gibt keine Kinder mehr!
      Wei-hai-wei! ach, Wei-hai-wei!

In dieser Jammerstadt ist man dem Kriegsschauplatz sehr nahe,
man hat Korea vor sich, Port Arthur über sich und kann in kurzer
Zeit nach Wladiwostok gelangen, wenn man ganz sicher von einer
der kriegführenden Regierungen umgebracht werden will, ein Ei-
gensinn, den ich mir übrigens nur durch eine gewisse Überspannt-
heit erklären könnte. Angenehm ist der Aufenthalt in Wei-hai-wei
nicht. Jeder Zylinderhut, der gezogen wird, scheint einen schwarzen Rand zu haben, und tritt man in einen Zigarrenladen, um ein
halbes Dutzend Nargilehs zu kaufen, so darf man überzeugt sein,

daß sich der Verkäufer den Bauch vor Seufzen hält, weil die Bewohner namentlich Fremden gegenüber auch echte Weihaiweier sein wollen. Es ist charakteristisch für diese Stadt, daß sie ein eigenes Ibsen-Theater hat, eine Bühne also, auf der allabendlich menschliches Elend dargestellt wird. Das Publikum jammert in besonders graulichen Szenen die Darsteller dankbar hervor und überschüttet sie mit nicht endenwollenden Seufzern und Klagen. Morgen wird zum Malefiz der Darstellerin der Titelrolle »Nora« gegeben, und heute schon sieht man in den Schaufenstern aller Blumenläden Strohkränze, welche, mit schwarzen Florschleifen geschmückt, morgen auf die Bühne fliegen werden. Als dieses Theater vor einiger Zeit einmal Shakespeares »Othello« darstellen wollte, verbot die Zensur es ihm, weil die Unglücksfälle im »Othello« veraltet seien, während die Bühne des Ibsen-Theaters ausschließlich der Darstellung des modernen Malheurs gewidmet wurde, wie ja schon der Titel andeute.

Über die Beschießung von Wladiwostok kann ich Ihnen einige nähere Details mitteilen. Kamimura heißt der japanische Geschwaderkommandant, welcher schon in der Frühe des 6. sich mit unsterblichem Lorbeer bedecken wollte. Dem Ehrgeiz schlägt ja keine Stunde; wenn es möglich wäre, so würde er um Mitternacht frühstücken, um eine Stunde später eine Schlacht zu schlagen, welche um 8 Uhr morgens auch früh genug geschlagen worden wäre. Was tat also Kamimura? Er näherte sich zu einer Zeit, wo der ordentliche Russe noch in den – verzeihen Sie das harte Wort! – weichen Armen Morpheus' ruht, mit dem japanischen Geschwader dem Hafeneingang und bombardierte ihn. Die Russen erwiderten das Feuer nicht. Ich finde das unhöflich. Namentlich Feuer muß erwidert werden Wenn ich mich an jemand mit Kanonenfeuer wende, so handelt es sich um keinen Scherz, auch nicht um etwas Gleichgültiges. Will ich wissen, wie es ihm gehe, so bewerfe ich ihn nicht mit Bomben, und will ich erfahren, wie sich seine Frau befinde, so schleudere ich kein Torpedo auf ihn. Es handelt sich also um eine eminente Unhöflichkeit der Russen, die ganz dazu angetan war, Kamimura unnötig zu reizen. Dieser bombardierte nun 40 Minuten lang, erklärte dann, Schaden genug angerichtet zu haben, und fuhr davon. Ich kann mir denken, daß man mit dem Schaden ganz zufrieden sein kann, welchen man durch ein vierzigminutenlanges Beschießen mit glühenden oder in anderer Weise verschärften Bomben anrichtet, wenn diese Bomben treffen. Aber die Japaner scheinen ihre Bomben ins Meer geworfen und keinen Schaden angerichtet zu haben, Kamimura hat sich geirrt. Und hier möchte ich alle seekriegführenden Mächte auf einen Übelstand aufmerksam machen, der die Kosten des Seekrieges ganz unnötigerweise vergrößert. Dieser Übelstand ist das Bombardieren des Wassers. Das Geschoß ist ein kostspielig Ding geworden. Von einem einzigen Schuß kann eine zahlreiche Familie, welche allerdings etwas verwöhnt sein und Ansprüche machen muß, monatelang leben. Ich kenne einzelne Schüsse, von deren Zinsen ich leben könnte. Wie oft sah ich auf meinem Berichterstatterposten mit leeren Taschen zu, wie die Kanonen einer Batterie einige Schüsse abgaben, deren ein einziger mir meine Taschen so hätte füllen können, daß sie nicht imstande gewesen wären, alle die Taler zu fassen, mit welchen so ein Schuß in Rechnung gestellt wird. Werden nun solche Schüsse ins Wasser abgegeben, so ist dies um so trauriger, denn die Schüsse sollen doch nun einmal Schaden und Nachteil stiften. Geschosse, welche ins Wasser fallen, haben ihren Beruf verfehlt, und die von ihnen getroffenen und getöteten Fische sind unnütze Opfer, welche nicht einmal wissen, daß der Tod fürs Vaterland rühmlich und süß ist. Es wäre daher zu raten, daß alle Admirale der Flotten den strikten Befehl erhielten, die teuren Geschosse nicht ins Wasser zu schleudern, sondern sie nur, um Schaden zu stiften, abzuschießen. Ein Seekrieg ist ohnehin schon kostspielig genug, und ein Reich muß es schon sehr sein, wenn es sich oft einen Seekrieg leisten will.

Wozu ihn also nur überflüssigerweise verteuern? Man bombardiere mit Ökonomie, man halte mit dem teuren Geschoß Haus, man lege dann und wann ein kostbares Geschoß lieber auf die hohe Kante, anstatt es ins Meer zu feuern, und man wird sich den Dank des Vaterlandes erwerben. Ein Seeheld kann auch weit über die Verhältnisse seines Vaterlandes schießen, und dies möchte ich zu verhindern suchen.

VIII.

Herrn Wippchen in Bernau.

Wir geben gern zu, daß Ihre Aufgabe, Ihre Feder mit der ostasiatischen Begebenheit zu beschäftigen, keine leichte nicht nur, sondern sogar eine überaus schwierige ist. Denn die von dort eintreffenden Nachrichten sind ungemein unsicher, widersprechen einander, sind unzuverlässig und verdienen keinen Glauben. Es wird uns und also auch Ihnen schwer, das Wahre vom Unwahren zu scheiden und das Publikum auch nur oberflächlich mit dem Gang der Ereignisse bekannt zu machen. Aber Ihr Vorschlag, Ordnung zu schaffen, ist trotzdem nicht annehmbar, Sie wollen Ihre Berichte so einrichten, daß je nach Belieben des Setzers oder des Korrektors statt des Worten Russen Japaner und umgekehrt statt Japaner Russen gesetzt wird, je nachdem die zuletzt durch das Depeschenbureau eingetroffenen Nachrichten dies nützlich erscheinen lassen. Dazu können wir uns nicht entschließen. Wir haben Ihren letzten Bericht in dieser Weise verändern wollen, fanden aber, daß er dann wie wahnsinnig erscheinen, den Leser wenigstens unheilbar verwirren würde. Seien Sie so freundlich, dies Experimentieren zu unterlassen und uns Berichte zu senden, ohne sie der Korrektur des Setzers oder des Korrektors zu überweisen. Wir würden es sonst vorziehen, eine Pause in der Berichterstattung eintreten zu lassen.

Ergebenst

Die Redaktion.

*

Bernau, den 2. April 1904.

Ihr geschätztes Schreiben hat mich wieder sehr geärgert. Ich bin doch wahrlich kein Mensch, der sich über die Fliege an der Wand zu ärgern pflegt. Im Gegenteil. Wenn mir eine Fliege an der Wand ins Auge fällt, so freue ich mich, daß sie kein Nashorn oder kein sonst schwerer Gegenstand ist, und ich möchte ihr lieber ein Stück Zucker als einen zornigen Blick zuwerfen. Aber es gibt doch Dinge, die ich nicht vertragen kann, dazu gehören Briefe von Ihnen, zwischen dessen ungerechten Zeilen schließlich die Haut liegen bleibt, aus der ich gefahren bin. Sie drehen mir einfach aus dem Ariadnefaden, den ich erfunden habe, um uns aus dem Laby – verzeihen Sie das harte Wort! – rinth herauszuleiten, einen Strick, mit dem Sie mich gern erdrosselten. Sie scheinen mir einreden zu wollen, daß dieser Faden einer der Fadesten sei, die jemals gesponnen worden sind, während ich davon überzeugt bin, daß wir ohne ihn nichts als Theseuse sind, welche aus dem Labyrinth der unsicheren Kriegsnachrichten überhaupt nicht wieder herauskommen. Hätte der genannte Jüngling das Garnknäuel, welches ihm Ariadne, die Prinzessin von Kreta, zusteckte, wie Sie in den Papierkorb geworfen, so würden seine Gebeine vielleicht heute noch in einem der Irrgänge des schrecklichen Gebäudes bleichen, und nie hätte er die schöne Ariadne nach Naxos entführt und sein genannt (er nannte sie gewiß auch noch anders), und das wäre für ihn ein großer Verlust gewesen, denn sie war schön, wie uns Dannecker versichert, der sie dargestellt hat, wie sie auf ungesatteltem Panther herummarmort. Theseus war eben klüger als Sie. Er nahm den Faden, tötete den Minotauros und verließ wohlbehalten wie ein serbischer Königsmörder den Palast. Das kann doch wahrlich nicht bloß Geschmacksache sein, sondern muß als weise bezeichnet werden, indem Theseus von zwei Übeln das wählte, welches durchaus kein solches war.

Ich hätte Ihnen schon gestern geschrieben, daß ich keinen kleinen Vorschuß brauche, sondern einen etwas größeren, wenn ich nicht fürchtete, daß sie glauben würden, ich wolle Sie in den April schicken. Das ist aber etwas von dem Vielen, das ich niemals tue. Namentlich mit Geld erlaube ich mir keine Scherze. Würden Sie sich mit einem geschlagenen Feind einen Scherz erlauben? Es wäre taktlos. Nun, das Geld ist bekanntlich geschlagen, soweit es nicht von Papier ist. Ich bitte Sie also um 60 M., und zwar in drei Doppelkronen auf der Post eingezahlt. Sollte Ihnen dieser Betrag bedeutend erscheinen, so werden Sie ihn für einen Deut halten, wenn Sie bedenken, daß die »Times« einen Berichterstatter hat, der auf einem Spezialdampfer um Port Arthur kreuzt. Die Pfunde, welche dies kostet, fallen jedenfalls schwerer ins Gewicht, als die drei Goldstücke, welche ich verlange, und ich begrüße daher im Geiste schon heute den Geldbriefträger auf das Freudigste und mache einen Kognak für ihn trinkfertig.

*

Chinampo, den 29. März 1904.

Wie meine geehrten Leser sehen, bin ich nach Korea geeilt, um in der Nähe der Schatten zu sein, welche die Ereignisse vor sich herwerfen. Ich bin im goldenen Mikado abgestiegen, welchem Hotel man sich aber nicht europäisch denken darf. Es gibt keine Betten und wenn es im Zimmer eine Klingel gäbe und man klingelte dreimal, so käme dennoch kein Mädchen, sondern auch kein Hausknecht und kein Kellner. Der Gast muß sich jeden Skorpion, den er töten will, mühsam selbst fangen. Korea wird von dem Eingeborenen Kaoli oder Kokore, von den Japanern Korai, von den Chinesen Koroli genannt, und das ist schon verdächtig, genau so wie bei uns ein Verbrecher verdächtig ist, der in Gaunerkreisen anders heißt, z. B. Automobilfranz, wenn seine Spezialität der Benzindiebstahl ist. Korea ist eine barbarische Halbinsel. Keine Gans hat eine Haut, welche der Gänsehaut gleicht, die man vor Schreck kriegt, wenn man hört, wie Justiz geübt wird. Der Staatsverbrecher wird mit seinen Familienmitgliedern hingerichtet, und man kann sich die Freude einer Familie denken, welche ein verurteilter Staatsverbrecher nicht hat.

Ich werde nicht lange hier bleiben, sondern bald den Kriegsschauplatz aufsuchen, der in der Nähe sich entwickelt hat. Hier steigen fortwährend japanische Truppen ans Land, welche den Russen entgegenziehen, um sie, wenn irgend möglich, zu vernichten. Gestern gelang es ihnen nicht vollständig. Sechshundert Mann russischer Kavallerie hatten Tschöngju in der Korea-Bai besetzt. Das ließen sich die Japaner nicht zweimal sagen. Sie forderten den Kommandeur der Russen, General Mischtschenko, auf, die Waffen zu strecken. Dieser antwortete stolz: »Kommt und holt sie, und wenn Ihr sie habt, so streckt sie, so oft Ihr wollt, sie selbst aber zu strecken, fällt mir nicht im Traum ein!« Die Japaner erschossen den Boten, der ihnen die schroffe Antwort überbracht hatte, und griffen die Russen an. Nun wogte der Kampf auf und nieder. Jetzt liefen die Russen vor den Japanern nach dem Süden davon, aber im nächsten Augenblick schlugen die Japaner die Russen wieder in die Flucht nach Nordosten. Dann zogen die Japaner in die ummauerte Stadt und erklärten sie für eingenommen. Dann zählten sie ihre

Toten und rechneten zwei Leichtverwundete heraus. Aehnlich machten es die Russen. Die Toten als vermißt bedauernd, telegraphierten sie an das Hauptquartier, daß die Streitkräfte sich des besten Wohlseins erfreuten und bereit seien, morgen die Feinde aus Korea in das Meer zu jagen. In Tschöngju fand ein glänzendes Siegesfest statt. Der Mikado, von dem Erfolg telegraphisch unterrichtet, ordnete an, daß seine geliebten Soldaten so viel auf ihr Wohl trinken sollten, wie sie bezahlen könnten, und befahl, den zwei Leichtverwundeten die japanische Nationalhymne vorzusingen. Es wurde Viktoria geschossen und abends wurden die zwei Häuser, welche zwischen den Hütten stehen, festlich erleuchtet. Aber auch die Russen feierten, als sie ihre Flucht beendet hatten, ein großes Siegesfest. Sie telegraphierten an den Kaiser, daß sie den Japanern ein erfolgreiches Rekognoszierungsgefecht geliefert hätten, worauf der Zar dem General Mischtschenko den Titel Nationalheld telegraphisch verlieh. Dann ordnete er an, daß seine Soldaten den nächsten Ort plündern und die Beute auf sein Wohl behalten sollten. Der General bestimmte großmütig Paktschien als diesen nächsten Ort, worauf die Truppen die Flucht nach diesem Ort wieder aufnahmen, wobei die russische Nationalhymne gesungen und alles niedergemacht wurde, was ihnen entgegenkam.

Auf dieser Halbinsel werden sich nun die ersten erfolgreichen Zusammenstöße zwischen den beiden feindlichen Heeren vollziehen. Daß beide Heere siegen werden, das steht schon heute fest. Es wird mir nicht leicht sein, auch nur eine Mittelniederlage melden zu können. Der eine wird bei jeder Gelegenheit den andern und der andere wieder den einen vernichten. Ein Krieg, so siegreich wie dieser, ist nach meiner Meinung noch nicht geführt worden. Alle Schlachten werden auf beiden Seiten gewonnen, und es wird, so weit das Auge auch nur halbwegs reicht, kein Haupt gefunden werden, auf das einer der Feinde geschlagen wird. Ist irgendwo eine Batterie gestürmt worden, so ist sie von den Japanern und von den Russen zugleich gestürmt, und jede eroberte Fahne ist eine japanische und eine russische zugleich. Wenn eine Schlacht entschieden ist, wird auf beiden Seiten ein markerschütterndes Triumphgeschrei die Luft, aus der es gegriffen ist, erfüllen. Ein merkwürdiger Krieg: alle Haue und alle Stiche werden nicht gehauen und nicht gestochen sein!

Es ist mir hier ein Kriegslied in die Hände gefallen, welches das, was ich eben sagte, illustriert. Es ist von einem Russen und einem Japaner für ihre Soldaten verfaßt, und ich übersetze es ins Deutsche, so gut es eben aus zwei so schweren Zungen geht:

Das war ein blutig Vergnügen,
Geschlagen ist die Schlacht,
Das war ein glorreiches Siegen,
Die Sonne des Ruhmes lacht.
Die Schlacht, wie noch keine zweite
Stattfand, ist nun vorbei,
Wir Russen und wir Japaner
Gewannen sie, wir zwei!

Ganz früh begannen heute
Das Feuern und Donnern schon,
Wir mähten nieder die Leute,
Verschont blieb kein Bataillon.
Nun ist die Schlacht zu Ende,
Nun lautet das Kriegsgeschrei:
Wir Russen und wir Japaner
Gewannen sie, wir zwei!

Das Schlachtfeld ohne Gleichen
War zu behaupten schwer,
Es ist bedeckt mit Leichen,
Wer kann sie zählen, wer!
Gottlob, daß sie vorüber
Die grause Metzelei,
Die Russen und die Japaner
Gesiegt haben alle zwei!

Und wenn nun wieder morgen
Stattfindet eine Schlacht,
Das macht uns keine Sorgen,
Wie's andern Heeren macht.
Was andre stimmt nachdenklich,
Uns ist es einerlei,

Wir Russen und wir Japaner,
Wir siegen sicher, wir zwei!

Merkwürdig jedenfalls.

IX.

Wir erlauben uns, Sie zu bitten, uns regelmäßiger zu schreiben und keine lange Pausen eintreten zu lassen. Gern geben wir zu, daß dem deutschen Publikum die Ereignisse in Ostasien sehr fern liegen und daß eigentlich nur die Börse sich für den Krieg interessiert, weil er einen Einfluß auf die Kurse ausübt. Dennoch darf die Rubrik auch für den Leserkreis außerhalb der Börse nicht länger als acht Tage leerstehen. Denn Krieg ist Krieg und immer wird auch der fernstliegende die Aufmerksamkeit auf sich lenken. Sie wissen somit, was Sie zu tun haben.

Nur noch eine Frage: Weshalb machen Sie uns die Mühe des Umrechnens, wenn Sie um Vorschuß ersuchen? Sie bestellen die betreffende Summe entweder in Yen oder in Rubeln. Sagen Sie, bitte, doch künftig einfach: So und so viel Mark.

Ergebenst

Die Redaktion.

*

Bernau, den 16. April 1904.

Es ist schwer wie ein Ambos, wie aller Anfang und wie der auf Carlos liegende Himmel von Madrid, vielleicht schwerer, es Ihnen recht zu machen. Überspülte ich Ihr Publikum mit Berichten, so überfüttere ich es mit fallenden Würfeln, halte ich es knapp, so sagen Sie mir die Bärenhaut, auf der ich liege, auf den Kopf zu. Aber wer mich auf der Bärenhaut liegen sähe, der möge mit einem Augenarzt sprechen, denn seine Augen sind entgleist, sehen ein X für ein U, oder eine Wüste vor lauter fehlenden Bäumen nicht. Denn es fällt mir nie ein, mich in den Kissen einer Bärenhaut umherzuwälzen, ich bin ein geborener Fleißlenzer, und niemals denke ich daran, mein Dintefaß in den Schoß zu legen, obschon mir wohl der **Beatus** zu gönnen wäre, fern vom **Procul negotiis** den jetzt knospenden Frühling zu genießen, anstatt Ihnen aus der schwülen Zimmerluft Schlachten zu liefern, was mich oft bis in die Nacht hinein an den Schreibtisch fesselt.

Ein Lichtblick in Ihrem werten Brief sind die Worte: »Sie wissen somit, was Sie zu tun haben.« Allerdings, das weiß ich, wie der Großinquisitor vor dem Fallen des letzten Vorhangs in dem bereits zitierten Carlos, nachdem der König ihm gesagt hat: »Tun Sie das Ihre.« Um in diesem Kriege im Lügen, in der Erfindung von Enten, in der Handhabung der Finger, aus denen Ereignisse gesogen, und in dem Einatmen der Luft, aus der die Siege und Niederlagen gegriffen werden, Schritt halten zu können, sowohl mit meinen russischen, als auch mit meinen japanischen Kollegen, übe ich mich jetzt im Lügen und Erfinden. Übung macht den Meister, sage ich mir, und darum lasse ich keine Lüge unversucht. Heute z. B. mahnte mich meine Wirtin um die Märzmiete, da ich ihr das Versprechen abgenommen habe, daß sie mich immer erinnern solle, wenn ich ihr die Miete schuldig sei. Sie ist eine ordentliche Frau und erinnert mich, so oft ich ihr Schuldner bin. Heute nun vertröstete ich sie, indem ich ihr sagte: »Ich werde nächstens eine gute Einnahme haben, da ich für einen Verleger jetzt den – verzeihen Sie das harte Wort! – Code Napoléon in Reime bringe.« Sie war entzückt und schwieg vertröstet. Dann ging ich in die Bahnhofsrestauration und erzählte dort den Gästen, der Bundesrat habe, um dem Anwachsen der Ehescheidungen entgegenzuwirken, einen Antrag eingebracht, der Reichstag möge die Einführung der Vielbräuterei beschließen. Der an alles denkende Reichskanzler sei der Ansicht, daß der Mann seine Zukünftige besser kennen lerne, wenn er mit ihr verlobt sei, er habe also Gelegenheit, unter etwa einem Dutzend Bräuten die richtige herauszuwählen, mit der er dann vor den Standesaltar treten, während er, wenn er sich zwölf mal nacheinander verlobe, zu alt würde, falls vielleicht erst die zwölfte die richtige sei. Die anwesenden Gatten waren sehr traurig und lobten das Gesetz, indem sie auf das Wohl des Reichskanzlers einen Mampe tranken. Als ich dann auf dem Heimwege einen alten Bekannten traf, fragte ich ihn, ob er schon gehört habe. Nein, antwortete er der Wahrheit gemäß. »Nun,« fuhr ich fort, »die russische Flotte ist vor Port Arthur so unglücklich in die Luft gesprengt worden, daß sie beim Niederfallen die japanische Flotte zerstörte. Infolgedessen ist die Tür nicht weit, vor welcher der Frieden steht.«

So bilde ich mich allmählich zum besten der lebenden Kriegsberichterstatter heraus. Schon in einigen Tagen werde ich die Enten vom Blatt spielen und die kurzen Beine, welche die Lüge bisher hatte, zu wahren Riesenbeinen verlängert haben. Damit verfolge ich einen ethisch hervorragenden Zweck. Indem ich nämlich die Leser daran gewöhne, mir vertrauensvoll keine Silbe zu glauben und meinen Worten in der zuvorkommendsten Weise Unglauben zu schenken, zwinge ich nicht nur meine Kollegen, sondern auch die russische und japanische Regierung, in Zukunft das Flunkern zu lassen, das Publikum nicht mit aufgebundenen Bären zu ängstigen und ihre Berichte, bevor sie sie veröffentlichen, aus dem Jägerlateinischen in die geliebte Zunge der europäischen Leser zu übersetzen.

Wenn Sie mich schließlich in Ihrem geschätzten Schreiben auffordern, meinen Vorschuß fortan in Mark zu erbitten, so erfülle ich Ihren Wunsch sofort, indem ich Sie um einen solchen von 40 M. (also statt Y. oder R. einfach M.) zu ersuchen. Ich sehe ein, daß Sie im Recht sind, und daß es immer Ihr gutes Recht ist, den Vorschuß in deutscher Reichsmünze einzuzahlen, wie den heutigen von einem halben blauen Schein.

Nach einem schönen Frühlingstag ist es auch hier wieder kalt geworden. Mir kommt es vor, als bekämen wir in diesem Jahr früh Weihnachten.

*

Port Arthur, den 14. April 1904.

W. Wie der Leser sieht, bin ich wieder hier eingetroffen, denn es scheint mir doch, daß sich hier die hohle Wassergasse befindet, in welcher der japanische Tell auf den russischen Geßler lauert, um ihn vom hohen Pferde herunterzuschießen. Aber man darf nicht annehmen, daß damit der letzte Pfeil die Armbrust verlassen wird. Denn gestern war Japan der Tell, morgen wird Rußland der Tell sein. Auf dem ostasiatischen Kriegstheater ist wie auf jedem großen Hoftheater diese Rolle doppelt besetzt, wie es zwei Küßnächte gibt, zu denen beide Geßler unterwegs sind, um sie nicht zu erreichen. Aus diesem Kriege wird keiner der beiden Geßler mit einem Auge davonkommen, das auch nur halbwegs blau sein wird, und wenn die Friedenspfeife in Brand gesteckt ist, wird kein Raucher mehr zum Paffen da sein. Man kennt ja die Geschichte der beiden Löwen, von welchen nur die beiden Schwänze auf dem Kampfplatz übrig blieben. Sie werden beide untergehen, aber nicht wie die Sonne, die am andern Tag wieder auf den Beinen ist. Es wäre ein Glück für beide, wenn sich eine europäische Macht fände, welche sich dazu herbeiließe, die Tür des Janustempels zu schließen, eine Tür, die sich nicht von selbst schließt. Entweder Intervention, oder Untergang beider. Ein drittes Tertium gibt es nach meiner Meinung nicht, das non datur steht fester als irgend eine Campanile.

Der gestrige 13. April ist ein schwarzangestrichener 1. April des russischen Kalenders.

Noch hatte der Hahn nicht ausgekräht, als die japanischen Torpedoboote schon gegen den Hafen demonstrierten, indem sie den Eingang zum Hafen mit jenen unfreundlichen Minen spickten, in welchen nichts Gutes zu lesen ist. Dann vereinigten sie sich mit dem Hauptgeschwader, welches vorging, um die russische Flotte zu bewegen, den Hafen zu verlassen. Das tat sie auch und dampfte ahnungslos auf den Leim. Sie hat es zu bereuen. Das schwer auszusprechende Panzerschiff »Petropawlowsk« stieß auf eine Mine und flog in die frische Morgenluft, mit ihm das gleichfalls nicht leicht zu behaltende Torpedoboot »Straschny«. Man kann sich die Freude der Russen denken, als hier bekannt gemacht wurde, die beiden in die Luft geflogenen Schiffe seien japanische gewesen. Der vorhandene Sekt wurde schon zum Frühstück ausgetrunken. Alles umarmte sich, überall hörte man die Nationalhymne, und wenn es nicht heller Tag gewesen wäre, so hätte man die Stadt an allen vier Ecken illuminiert. Aber bis in die späte Nacht hinein dauerten Jubel und Verjubeln und durchzogen die Kosaken singend die Straßen, fortwährend schreiend: Nach Tokio!

Um so schlimmer war der Rückschlag, als dann die Wahrheit bekannt wurde. Das sind die bösen Folgen der Ehre, welche man nicht der Wahrheit gibt, und des Dunkels, in welchem man die Öffentlichkeit läßt. Die Bevölkerung ging traurig umher und blickte in die Luft, um zu erforschen, ob nicht wieder ein Schiff in dieselbe flog, und um nicht mit einer neuen Siegesnachricht hintergangen zu werden. »Nun glaube ich an keinen japanischen Panzer mehr, der untergegangen ist,« sagte mir heute ein Port Arthurer in einer Stehwutkihalle, »ich muß den Grund sehen, zu dem er ging. Bis man mir den nicht zeigt, rufe ich bei jedem russischen Erfolg, den man uns meldet: »O weh, o weh, die Japaner haben wieder gesiegt!«

Nachdem den Russen nun das Licht, hinter das sie durch die falsche Siegesnachricht geführt worden sind, aufgegangen ist, setzen sie ihre Hoffnung auf den Krieg zu Lande. Ihre Hoffnung auf einen entscheidenden Sieg auf dem Wasser ist zu diesem geworden, nun erwarten sie eine Niederlage der Japaner, wenn sie mit den Russen in Korea zusammenstoßen wie ein Zweirad mit einem Automobil, d. h. aufgerieben werden, wie ein Meerrettig zu Kren, oder wie Getreide zu Mehl. Dann würde kein Japaner weder das nackte, noch das bekleidete Leben retten, um daheim erzählen zu können, wie unbesiegbar der Russe und wie schlecht mit ihm Kirschenessen sei. Nun das Wasser, auf dem die Zukunft der Japaner zu liegen scheint, den Russen bis an den Hals geht, erwarten diese das Heil von einer großen Schlacht auf dem Festland. Aber wenn diese Schlacht von den Japanern gewonnen wird? Das Wetter des Schlachtenglücks ist wendisch. Fortuna wird ja als ein wundervoll gewachsenes Weib dargestellt, aber sie kann auch schief gehen. Wenn Du glaubst, sie lächle Dir, so hat sie Dir den Rücken gedreht, oder eine Nase, und sie eilt untreu zu Deinem Feind und schenkt ihm ihre Gunst. Die Erfahrung lehrt, daß man die Schlacht nicht vor dem Abend loben darf. Selbst Napoleon glaubte am Mittag, er habe die Schlacht gewonnen, und abends hat er dann nichts geschlagen, als eine Brücke über die Beresina.

Ich glaube mit Gewißheit annehmen zu können, und wiederhole es: Aus diesem Kriege wird kein Sieger hervorgehen, beide werden im Gegenteil hervorfliehen und es bedauern, sich auf das teuerste Abenteuer der neuen Geschichte eingelassen zu haben.

X.

Ihre Mitteilung, daß Sie am ersten Mai eine Feier von vier Wochen beginnen wollen, mißfällt uns ungemein. Mitten im Kriege, der jetzt erst an Interesse gewinnt, wollen Sie aufhören. Wir finden das einfach unverantwortlich. Wir ersuchen Sie, uns umgehend zu sagen, ob Sie an Ihrer Ferienidee festhalten, damit wir uns zeitig nach einem Ersatz umschauen, da wir Sie nicht zwingen können, Ihre Tätigkeit fortzusetzen. Bis zum Eintreffen Ihrer Erklärung halten wir auch den Vorschuß zurück, um den Sie uns ersuchen und den wir Ihnen schicken werden, wenn Ihr nächster Bericht eintrifft, aber ganz gewiß nicht früher Manchmal haben wir denn doch nicht Lust, jeder Ihrer Launen gegenüber die Nachgiebigen zu spielen. Wir würden uns allmählich in die Lage versetzen, nicht mehr redigieren zu können, denn auch die anderen Mitarbeiter unseres Blattes könnten plötzlich beschließen, ebenfalls die Arbeit einzustellen, und wir säßen da mit der Schere und dem Kleister und würden eines Tages den Abonnentenkreis in ein kleines Viereck zusammenschmelzen sehen.

Ihrer werten Antwort entgegensehend, grüßen wir Sie

ergebenst

Die Redaktion.

*

Bernau, den 30. April 1904.

Wenn Sie in dem Augenblick, als ich Ihre Zeilen empfing und las, in mein Zimmer getreten wären, so hätte sich Ihnen ein erschütterndes Schauspiel geboten. Zuvörderst hätten Sie mich nicht erkannt, weil ich so furchtbar fluchte. Ich ließ mich sogar zu dem Ausruf hinreißen: »Steht das wirklich in diesem Brief?« Und er lag zerrissen zu meinen Füßen. Beinahe hätten Sie mich bei Ihrem Eintritt überhaupt nicht getroffen, sondern der Schlag. Ich war ja auf Vorwürfe gefaßt und hätte mich nicht gewundert, wenn Sie mich mit Titeln überhäuft hätten, welche Menschen erweichen, Steine rasend machen konnten, obschon ich Ihnen selbst Titel wie Torpedotöter, Unhold, Possendichter, Ringkämpfer, Heiratsschwindler, Automobil, Herero, Kurpfuscher und Spieler in außerpreußischen Lotterien nicht übelgenommen haben würde. Denn ich weiß ja sehr wohl, daß man sich im Zorn leicht derart vergißt, daß man nicht auf seinen Namen kommen kann und sich erst nach längerer Zeit erinnert, wo man sich schon einmal im Leben begegnet ist. Das kann ich mir leicht denken, auch ich lasse mich wohl einmal von meinem Temperament aus der Haut fahren. Denn ich bin ein Homo wie jeder andere Sum, und wenn ich einmal in fabula bin, so kann ich auch ein Lupus sein, der dann auch in eine ahnungslose Herde bricht und einem Lämmchen das letzte Stündlein schlägt. Aber selbst in dem schwersten rebus ist doch immer ein est modus. Man setzt einem Mann, der wie ich den Vorschuß als eines der wichtigsten Verkehrsmittel der Welt verehrt, doch nicht gleich die Pistole auf der Brust und ruft dazu: Schreib' oder stirb! Denn wer mir den Vorschuß nimmt, nimmt mir die Waffe, als nähme er einem Tell die Armbrust und somit den Arm und die Brust. Dann bin ich der zu lebenslänglichem Hungerturm verurteilte Ugolino, der alte Moor, dem weder Hermann noch der Rabe lächelt, der Ertrinkende, der den letzten Strohhalm versinken sieht, der dritte Richard, dem sogar ein Königreich fehlt, um es für ein Pferd zu bieten. Nehmen Sie dem Menschen den Vorschuß, und Sie nehmen ihm eine Farbe aus seinem Regenbogen und einen Ton aus seiner Harmonie, und mir speziell hängen Sie den Brodkorb so hoch, daß ich, wenn ich endlich oben bin, das Brod verschimmelt vorfinde. Was bleibt mir also übrig! Ich – verzeihen Sie das harte Wort! – weiche der Gewalt. Ich bin in diesem Augenblick der ungarische Lokomotivführer, den die stärkere Regierung zwingt, nach kurzem Streiken die Hände aus dem Schoß zu nehmen und groß beizugeben. Es hieße gegen den Stachel schwimmen, oder gegen den Strom löken, wollte ich meinen Hinterbeinen nicht das Ohr verschließen. Und so sende ich Ihnen denn einen russischen Sieg. Hoffentlich nicht für Ihren geschätzten Papierkorb. Ich denke mir, daß man schon aus Gründen der Höflichkeit einmal den Russen einen Sieg gönnen muß, der ihnen nichts nützt und den Gegnern nichts schadet.

Die Wiederaufnahme meiner Tätigkeit wird mir durch das schreckliche Frühlingswetter erleichtert. Ich wollte den Mai auskosten, aber ich sehe ein, daß er uns statt in den Juni wie der März in den April schicken wird. Die Bäume kommen zu keinem grünen Zweig, die Nachtigall schlägt, aber sich seitwärts in die Büsche, die Sonne scheint, aber nur nicht aufgehen zu wollen, und es regnet dem Lenz eklig in die Bude. So griff ich denn wieder zur gewohnten Feder.

Wenn Sie nunmehr den Vorschuß von 40 M. abschicken, so erhöhen Sie ihn um 20 M. Die alte Summe würde mich nur an den Konflikt erinnern, der bestanden hat, und ich möchte ihr dies unmöglich machen. Ich vernarbe eine Wunde, indem ich ein altes Hausmittel dazu verwende.

*

Port Arthur, den 28. April 1904.

In einer täglich von feindlichen Geschossen bedrohten Festung zu verweilen, habe ich niemals für angenehm gehalten. Gegen den Kugelregen ist noch kein Schirm erfunden. Es nutzt auch nichts, zu Hause zu bleiben, wenn die Kugeln den Guß beginnen und dieser rasch in eine Art Wolkenbruch von Bomben ausartet. Die Geschosse prasseln auf die Dächer nieder und dringen in Stube und Kammer, daß man seines Entkommens nicht sicher ist. Ich ziehe es also bei einem Bombardement vor, mich im Freien aufzuhalten, denn hier sieht man das Geschoß doch kommen, und wenn man mit behenden Füßen begabt ist, so kann man bei Seite springen. Da ich mich nun viel im Freien aufhalte, so gibt es in Port Arthur kaum eine Seite, zu der ich noch nicht sprang. Man drückt sich, wenn die Bombe kommt. Das wird einem hier nicht als Feigheit angerechnet. Es ist Pflicht der Selbsterhaltung. So ein Bombardement hat schreckliche Momente. Neulich war ich im Theater. Man gab eine schlechte Übersetzung des »Faust«. In dem Augenblick nun, wo Mephistopheles die schwarze Pudelmaske abwirft, begann eine furchtbare Beschießung seitens der japanischen Flotte, und als nun der Teufel als fahrender Scholastikus mit den Worten auftritt: »Wozu der Lärm?« brach natürlich ein Gelächter aus, daß der arme Darsteller nicht weiter sprechen konnte. Das Schlimmere aber kam noch. Als Gretchen aus der Kirche kommend erschien, hörte man die Kugeln pfeifen, und da dies nun die Schauspielerin persönlich nahm und glaubte, ausgepfiffen zu werden, sank sie derart in Ohnmacht, daß der Vorhang fallen mußte. Nun erschien der Regisseur, entschuldigte die Darstellerin, und nach einer Pause von zehn Minuten wurde die Vorstellung fortgesetzt.

Ich habe ein Gerücht zu widerlegen. In japanischen Zeitungen wird erzählt, wir litten große Not, die Lebensmittel seien so knapp geworden, daß der Hunger- und der Dursttyphus drohten. Das ist unwahr. Wir haben nicht nur alles, was wir brauchen, sondern wir brauchen auch nicht alles, was wir haben. Freilich sind die Preise für Lebensmittel gestiegen, besonders die von Fischen, da diese durch die ins Wasser fallenden Geschosse verscheucht sind. So kostet eine Portion Aal zehn und ein nur halbwegs saurer Hering zwei Rubel. Ein Hummer, dem bei der Explosion eines japanischen Torpedos eine Schere fortgerissen worden war, wurde von einem reichen Russen zum Andenken an den dem Feinde verhängnisvollen Tag für zwanzig Rubel gegessen. Doch handelt es sich hier um Ausnahmen. Ein Pfannkuchen von Seeadlereiern ist nur um 30, Bratzobel nur um 50 Kopeken teurer geworden. Für die Soldaten ist alles reichlich vorhanden, und die Kosaken finden sogar in allen Warenhäusern Talg und andere Leckerlichter zu den billigsten Preisen vorrätig.

In der vorigen Nacht gegen vier Uhr wurde ich von einer Salve geweckt, welche meine Wohnung erschütterte. Da ich aus dem Bett gefallen war, stand ich sofort nochmals auf, zog mich eiligst an und verließ ohne Frühstück, das noch nicht fertig war, das Haus. Ich dachte mir gleich, daß man nicht wissen könne, um was es sich handle, und so war es auch. Am Hafen angelangt, sah ich nichts, und ich hatte mich nicht getäuscht: die vor der Festung liegende japanische Flottille hatte ein Bombardement eröffnet und war infolgedessen derart von Dampfwolken umhüllt, daß von den Zuschauern das schlimmste befürchtet wurde. Auch von mir. Ein Geschoß nach dem andern flog gegen die Festungsmauern, augenscheinlich mit der Absicht, sie dem Erdboden so gleich wie möglich zu machen. Natürlich antworteten die Geschütze von Port Arthur in ähnlicher Absicht, die japanischen Schiffe dem Hafenboden gleich zu machen. Die Russen schossen vortrefflich. Dieser Ausdruck ist falsch, sie schossen trefflich. Jede Bombe traf, platzte und richtete enormen Schaden an, so daß einige japanische Torpedoboote, auf das tiefste verletzt, ihr Heil in der Flucht suchten, aber es nicht fanden. Wenigstens wurde eines der Boote von einem russischen Zuckerhut so getroffen, daß es plötzlich in die Luft flog, wieder herunterkam und nach etwa fünf Minuten unter den aufgeregten Wellen verschwand.

Das Fliegen in die Luft eines Schiffes ist ein grausiges, aber immer interessantes Schauspiel. Das Schiff erhebt sich plötzlich vom Meeresspiegel und fliegt trotz seiner kolossalen Schwere leicht, wie einstudiert, in die Höhe. Hier hält es sich einen Augenblick, um dann den Flug in die Tiefe anzutreten. Das Ganze ist um so erstaunlicher, wenn man bedenkt, wie schwer ein solches Schiff ist. Eine Mücke, ein Maikäfer, ja selbst ein Geier hat es leicht. Im Vergleich mit einem Torpedoboot sind sie, wie man von Spatzen und Adlern ja sagen kann, federleicht. Nun aber denke man sich, man sei im Zoologischen Garten und sehe plötzlich einen Elephanten in die Luft fliegen. Oder ein Kameel. Oder ein Rhinozeros. Und keines dieser drei Tiere ist so schwer wie ein Torpedoboot. Ich will den, der hier nicht vor Staunen so baff ist, daß er den höchsten Grad der Baffheit erreicht, nicht beleidigen, aber er wäre doch in diesem Fall einer der beiden letztgenannten Quadrupeden, den ich, wenn ich die Macht hätte, zum Niladmiraritätsrat ernennen würde.

Der Flug des »Mikado« – so hieß das Torpedoboot – war kaum beendet, als in den Russen auch schon der Wunsch erwachte, die ganze gegnerische Flottille in das Element zu senden, welches Goethe die Marie Beaumarchais zweimal rufen läßt. Von den Forts wurden deshalb die Schiffe mit Eisen und Stahl derart überschüttet, daß die Japaner ihre Boote kehrt machen ließen, um das offene Meer zu erreichen, ohne in die Öffnung zu stürzen. Es gelang ihnen. Die Russen aber telegraphierten mit Stolz dem Zaren, daß er sein Haupt mit einem frischen unvergänglichen Lorbeer bedeckt habe. Der Zar antwortete noch gestern Abend sehr huldvoll, daß dies geschehen sei, und befahl die Aufstellung seinem Reiterdenkmals am Hafenufer. Eines der zu solchem Zweck schon fertigen 200 Monumente wird in einigen Tagen in Port Arthur eintreffen. Die Beamten, welche es begleiten, um die Errichtung des Denkmals zu überwachen, sind vom Kriegsminister bereits bestochen worden, damit sie sich nicht extra von dem Kommandanten der Festung für ihre Arbeit bezahlen lassen.

XI.

Port Arthur, den 13. Mai 1904.

Ich bin noch immer hier. Alle meine Bestechungsversuche, welche ich unternahm, um entweichen zu können, scheiterten an der Redlichkeit der Beamten, da ich kein Geld hatte, sondern sie nur durch Zureden veranlassen wollte, mir einen Passierschein zu verschaffen. Aber es frägt sich noch, ob ich selbst mit einem Passierschein durch die feindlichen Linien hindurchkäme, ohne erschossen zu werden. Der Krieg wird mit großer Erbitterung geführt. Die Russen schreiben ihre empfindlichen Niederlagen natürlich dem Verrat zu. Das ist in gewissen Armeen nun einmal so. Wenn der Zivilist in eine Schlägerei gerät und sich mit einer blutenden Nase, oder einer schmerzhaften Beule in die Sanitätswache begeben muß, um sich den ersten Verband anlegen zu lassen, so fällt es ihm nicht ein, dem Arzt zu sagen, er sei verraten, sondern er sagt einfach, er sei verhauen. Im Kriege ist das vollständig anders. Keine Armee unterliegt, flieht, streckt die Waffen, wird geschlagen oder zieht sich zurück, sondern ist verraten. Im Französischen sagt man nicht **Se**dan, sondern Trahison, und seit nun die Russen mit den Franzosen derart treu verbündet sind, daß sie ihnen alles Geld in Anleihen abnehmen, riechen auch sie nach jeder Niederlage Spione und Verräter.

Eine bürgerliche Nase wie meine weiß nicht einmal, wie ein Spion riecht. Wir wissen vom Verräter nichts weiter, als daß er nicht schläft und höchstens noch, daß der Verrat gerochen wird, aber der Geruch des Spions oder Verräters liegt unserer Nase fern. Aber auch die militärische Nase der Russen (**Gorki**) ist nicht unfehlbar, sondern menschlich und kann irren. So riecht sie denn nach jeder Niederlage ganz harmlosen Menschen einen Spion an, und kann solch ein Unglücklicher nicht auf der Stelle nachweisen, daß er wirklich geruchlos ist, so wird er auf derselben erschossen. Man kann sich denken, in wieviel Gras seit einigen Wochen von Unschuldigen gebissen worden ist, wenn man bedenkt, daß die Russen tagtäglich geschlagen wurden, so daß man die russische Armee eine adlige nennen kann, weil sie von den Japanern durchgebläut worden ist.

Man wird sich in Europa nur schwer mit dem Gedanken vertraut machen können, daß ein Koloß wie Rußland von einem Zwerg wie Japan geworfen wird. Man hat das Recht, von Goliath und David zu sprechen und hinzuzufügen, daß dies eine biblische Ente sei, nur allerdings fragt es sich noch, ob David ein simpler Hirtenknabe war, der wohl die Harfe, aber nicht einen Riesen schlagen konnte, oder ein Lyriker, der so wenig wie Heinrich Heine fähig war, einen Koch oder Eberle zu werfen. Mit einem Wort: ein Pudel wirft keinen Elefanten. Die ganze Historie vom Duell David-Goliath könnte eine Parabel sein, wie so manche Erzählung der Bibel: eine große solide Firma Goliath wurde von der kleinen, die David hieß, durch Schleudern ruiniert. Keinenfalls hatte man jemals daran gedacht, daß Rußland von Japan in eine Enge getrieben würde, die beispiellos ist. Aber es ist doch geschehen – das kleine Japan hat das große Rußland in diese beispiellose Enge getrieben, in eine Falle, aus welcher herauszukommen Rußland ebenso schwer zu sein scheint, wie dem großen Los aus der Waisentrommel, wenn man darauf wartet.

Wie alles seine Zeit hat, so hat alles seinen Grund. Genau wie die Franzosen im Jahre 1870 statt wie der Kriegsminister Le – verzeihen Sie das harte Wort! – boeuf sagte: Archiprêts waren, waren es auch die Russen jetzt, nämlich statt Archiprêts Archiprotzen. Ja, auf dem Papier erzbereit. Als aber dann die russischen Soldaten, Pferde und Kanonen vom Papier ins Feld rücken sollten, da waren die meisten nicht vorhanden, sondern unterschlagen. Sie steckten in den Kassen der Beamten. Und nun reite einmal einer ein unterschlagenes Pferd, oder schieße aus einer unterschlagenen Kanone eine unterschlagene Bombe. Auch Munition und Proviant waren nicht geliefert, sondern nur bezahlt, ebenso war das Kanonenfutter kompagnieweise ein Fressen für die Armeelieferanten gewesen. So kam es, daß der kleine David seinen noch kleineren Daumen dem großen Goliath auf das Hühnerauge drückte, daß der Riese ebenso wild wie seine Flucht wurde.

Diesen Tatsachen gibt ein Lied Ausdruck, das in Tokio erschienen und von mir aus dem Japanischen übersetzt ist. Es lautet.

> War einst ein Riese Goliath,
> Ein gar gefährlich Mann,
> Der zum Duell gefordert hat

David, und der trat an,
Und sagte: Na, nun leg' mal los
Und mach' nicht große Worte bloß!

Da zog der Goliath sein Schwert,
Das war sein ganzer Stolz.
Doch wie er's schwingt, da, unerhört!
Merkt er, es war von Holz,
Gefälscht hat es sein Lieferant,
Von dem er teuer es erstand.

Darauf griff er zu dem Gewehr,
allein er ward gewahr,
Es war veraltet und zu schwer
Und d'rum ganz unbrauchbar,
Und hat es hoch bezahlt dem Herrn
Lief'ranten doch als ganz modern.

Nun schrie nach seinem Pferd der Held,
Da sah er, daß das Tier,
Für das berappte er viel Geld,
Nur stand auf dem Papier.
Hui! gab der David eines ihm
Auf's Maul. Da lag das Ungetüm!

Dies Lied darf hier natürlich nicht gesungen werden, denn die
Russen verstehen weder japanisch, noch deutsch. Wer es aber trotzdem sänge, würde sicher zu mehrmonatlicher Knute verurteilt
werden. Man kann sich in Deutschland nicht denken, mit wie vielen
Argusaugen hier die Haltung der Bevölkerung beobachtet wird. Die
Niederlage am Jalu darf hier nur als Sieg besprochen werden. Kuropatkin hat dem Zaren geschworen, daß Port Arthur von der Land-
seite uneinnehmbar sei, und so hat der Kommandant dieser Festung, Generalleutnant Stoessel, befohlen, an allen Ecken bekannt zu
machen, Port Arthur sei uneinnehmbar. Gestern meinte jemand. er
glaube das nicht, denn Lebertran habe er als Kind für uneinnehmbar erklärt, und er habe ihn dennoch eingenommen. Das bekam ihm
ebenso schlecht. Er wurde verhaftet, wegen seiner unüberlegten
Rede übergelegt und eine Stunde lang gehauen, ferner mußte er für

jeden Schlag einen halben Rubel erlegen, woran man sieht, wie jetzt die Preise für die gewöhnlichsten Lebensmittel gestiegen sind. Auf der Straße wird man von Spitzeln aller Art, die wie alte Bekannte aussehen, begrüßt und gefragt, ob man Port Arthur für ein- oder uneinnehmbar halte. Natürlich antwortet man, für uneinnehmbar. Leider versteht der Spitzel das Gegenteil, und man sieht sich gezwungen, ihn zu bestechen, damit man nicht denunziert und auf den bloßen Verdacht hin gehauen werde, wirklich einnehmbar gesagt zu haben. Gestern habe ich auf diese Weise etwa fünf Rubel verzehrt. Da ich für ein so üppiges Leben nicht reich genug bin, so habe ich mich entschlossen, nicht mehr auszugehen, bis die Festung eingenommen sein wird. Ich zweifle gar nicht, daß Kuropatkin nicht leichtsinnig geschworen hat, aber wenn die russischen Heerführer nichts anderes als Schwüre leisten, so wird natürlich die Festung Port Arthur das Schicksal aller belagerten Festungen teilen. Auch Paris und Metz galten für uneinnehmbar und sind doch gefallen wie Schnee und Regen, Kurse und Fliegen, Vorhänge und Preise, Barometer und Mädchen.

Die Japaner sind bei Port Adams und Pitzewo gelandet und bedrohen nun Port Arthur. Der Statthalter Alexejew und Großfürst Boris haben daher die Festung verlassen. Das beweist doch, daß sie von dem Schwur Kuropatkins nicht viel halten. Sie fürchten doch, Kuropatkins könne einen Meinschwur geleistet haben und, wenn Port Arthur fiele, achselzuckend sagen: »Schön, ich habe mich also geirrt!« Was dann? Dann fielen die beiden hohen Männer in die Hände der Japaner und würden vielleicht nach Tokio gebracht, wo sie dann von der Gnade des Mikado abhingen. Der Mikado soll aber zuweilen nicht so gut wie die Schminke seiner Favoritinnen aufgelegt sein, und dann ist sein Namen nicht sicher, unter das Todesurteil seiner Gegner gesetzt zu werden. Man ist in Ostasien nicht so sentimental, wie etwa in Europa. Man macht in Ostasien einen Feind einen Kopf kürzer, während man einen solchen in Europa womöglich gerne einen Kopf länger machte, wenigstens behandelt man ihn wie einen Freund, erweist ihm Ehren aller Art, gibt ihm ein Schloß und richtet ihn ein statt hin, wie wir dies ja mit Napoleon dem Dritten erlebt haben.

Nicht lange mehr, und Port Arthur ist auf dem Lande und auf dem Meer belagert. Wir werden nicht nur beschossen, sondern auch ausgehungert und ausgedurstet werden. Gelingt es mir nicht zu fliehen, so werde ich vielleicht dem Schicksal aller Belagerten verfallen, meine Nahrung in Hundehütten, Katzenwinkeln und Rattenfallen zu suchen. Es ist nur sehr merkwürdig, daß sich in keinem unserer Kochbücher Rezepte finden, nach denen ein Diner aus den genannten Haustieren zu bereiten wäre. Dies ist höchst merkwürdig. Fortwährend finden in der Welt Belagerungen statt, aber es fehlt noch ein Kochbuch für die Belagerten, die doch essen wollen. Und ein solches Kochbuch ist doch wichtiger, als irgend ein anderes. Selbst in Festungen findet man solches Werk nicht, wenn man es sucht. In einer Buchhandlung erkundigte ich mich, ob ich nicht ein Buch über Rattenkochkunst haben könne. Man antwortete mir, ich sei betrunken, wonach ich gar nicht gefragt hatte. Auch in meinem Hotel hat man keine Ahnung von einem Katzenfilet, einem Hundeweißsauer, einer gefüllten Ratte, einer Pudelsuppe, einer Katerlette, um nicht Katerkotelette zu sagen, usw. Das Pferdefleisch nimmt doch schließlich ein Ende, und fortwährend das Pferd auf den Speisekarten zu finden, ist doch ein Toujours perdrix, wie es nicht perdrider gedacht werden kann. Es ist sehr merkwürdig, daß man diese vitale Frage immer erst ernst nimmt, wenn es zu spät, wenn die Notwendigkeit da ist, zur Ratte als zu einem Strohhalm zu greifen, oder wie der Teufel in der Not mit Fliegen, mit einem Köter den Hunger zu stillen, für den man vielleicht erst gestern die Hundesteuer für ein Quartal vorausbezahlt hat. So sprach ich vor einigen Tagen in einem Restaurant, in welchem man auch Karten spielt, mit mehreren Spielern über diesen Gegenstand. Und was antwortet mir einer dieser Gesellschaft ärgerlich: »Aber stören Sie uns doch nicht in unserm Skat. Wenn erst die Belagerung so weit ist, daß uns nur noch die Ratte übrig bleibt, dann schlachten wir die Kibitze, die uns schon lange im Wege sind. Wer gibt?«

Um nicht den Kürzeren ziehen zu müssen, ging ich. Aber die Frage ist und bleibt eine brennende.

*

Diesem Bericht unseres verehrten Korrespondenten lag eine Privatnotiz bei, die wir der Vollständigkeit wegen mitteilen. Sie lautet:

Sollte Port Arthur fallen, so wird der Festungskommandant natürlich die betreffende Depesche an Sie nicht expedieren lassen. Ich werde also in diesem Fall drahten: »Ich bitte um einen Vorschuß von zwanzig Rubeln. Wippchen.« Sie schicken mir dann sofort diese Summe und verkündigen die Übergabe Port Arthurs in einem Extrablatt.

XII.

Herrn Wippchen in Bernau.

Wir danken Ihnen für die Sammlung von angeblich russisch-japanischen Kriegsanekdoten, welche nur den Fehler haben, daß wir sie nicht veröffentlichen können, was wir aufrichtig bedauern. Man merkt diesen Anekdoten auf den ersten Blick an, daß Sie die längst historisch gewordenen oder als solche geltenden geflügelten Phrasen bearbeitet haben, und zwar, wie wir leider hinzufügen müssen, nicht immer sehr glücklich, wodurch die allgemein bekannten Geschichten oft ganz widersinnig erscheinen. So legen Sie einem japanischen General, welchem gemeldet wird, daß ihn die Russen gegen Abend angreifen werden, die Worte des Dianekes in den Mund: »Desto besser, so werden wir im Schatten kämpfen.« Sie sehen wohl ein, daß Sie ihnen mit dieser Bearbeitung die Pointe abknöpfen. Ebenso wird das Wort des Leonidas ballhornisiert, wenn Sie einen russischen Major seine Soldaten vor der Schlacht anbrüllen lassen: »Frühstückt tüchtig, im Hades gibt es nichts zu fressen!« Soll Ihnen wirklich jemand glauben, daß ein russischer Offizier mit seinen Kosaken vom Hades reden wird? Wir legen also mit Ihrer Erlaubnis die Anekdoten zurück und raten Ihnen, sie einer gründlichen Bearbeitung zu unterziehen.

Wir ersuchen Sie, mit Ihren geschätzten Berichten fortzufahren, und grüßen Sie

ergebenst

Die Redaktion.

*

Bernau, den 28. Mai 1904.

Wenn Sie mir geschrieben hätten, daß es Ihnen endlich gelungen sei, in großen Mengen viereckige Quadrate aus rohen Zirkeln herzustellen, oder Filz- in Zuckerhüte zu verwandeln, oder eine andere Erfindung zu machen, mit welcher Sie so viel Geld verdienen würden, daß Sie die ganze Welt mit Heu versorgen könnten, so wäre ich nicht so erstaunt gewesen, wie über Ihren Haß gegen die historischen Anekdoten. Gerade in ernster Zeit, wenn, wie in diesem Augenblick, zwei große Völker wie die Russen und Japaner so hart wie Pflastersteine aneinander geraten, daß man dem Zar, wenn er etwas mehr als Frau v. Suttner für den Frieden täte, den Nobelpreis versprechen möchte, gerade in solch ernster Zeit sollten die historischen Anekdoten wie Augäpfel oder andere kostbare Früchte gehütet werden. Das Publikum will erheitert sein. Wenn der deutsche Leserkreis auch nicht von den Ereignissen in Ostasien persönlich berührt wird, so wird er doch durch sie in eine trübe Laune – verzeihen Sie das harte Wort! – versetzt, und er ist dann ebenso schwer einzulösen wie eine versetzte Uhr. Die vor Port Arthur wie Ikarus in die Luft fliegenden und dann ins Meer stürzenden Russen, die ich deshalb Ikarussen nennen möchte, und anderen unschuldigen Opfer dieses unglückseligen, überflüssigen, bei den Haaren, in denen sich die beiden Reiche liegen, herbeigezogenen Krieges erfüllen die Herzen der Leser mit Kummer, und wie in Rußland und Japan Tränen, so fallen in Europa die Kurse der Wertpapiere, Handel und Wandel stehen still wie der Verstand und eine nicht aufgezogene Uhr, und Sicherheit und Vertrauen schwinden wie die Stunden in angenehmer Gesellschaft. Daran denkend. wollte ich unseren Lesern etliche historische Anekdoten auftischen, aber da fiel Ihr Papierkorb, der immer über meinem Damokleshaupt hängt, auf mich nieder, und mir bleibt nichts übrig, als hilflos zu sagen: Tableau!

Um meinen Brief nicht noch einmal öffnen zu müssen, schließe ich ihn nicht, ohne Sie um einen Vorschuß von 50 Mk. zu bitten, und ich sage nicht: von 25 Mk., um Ihnen doppelt dankbar sein zu können. Denn die Landschaft steht in voller Blütenpracht, ich gehe in früher Morgenstunde lustwandeln, und diese erinnert mich immer an ihr sprichwörtliches Mundgold. Nun werde ich ihr doch antworten können: »Ja doch, ich bekomme es heute!« Nicht?

*

Mukden, den 27. Mai 1904.

W. Ich kann wohl sagen: Wem Gott nicht will rechte Gunst erweisen, den schickt er von Port Arthur nach Mukden. Das war ein Gefahre voll Gefahren, von denen sich die Schulweisheit keines Horatios, der dies liest, nichts träumen läßt. Ich weiß heute noch nicht, ob ich dem blauen Auge trauen soll, mit welchem ich wie durch ein

Wunder davonkam. Manchmal hörte ich bedenklich nahe das Gras wachsen, in das ich hätte beißen müssen, wenn ich nicht das Glück gehabt haben würde, jedesmal wieder den Kopf aus der Schlinge ziehen zu können. Es gehen da zwei barbarische Armeen aufeinander los. Russen und Japaner schlagen mit Passion Menschen tot. Das macht ihnen Freude, wie uns europäischen Völkern das Geburtstagsfeiern. Was ist jenen ein Menschenleben? Sie blasen das Lebenslicht wie einen Hobel aus. Keiner dieser Barbaren hat Wallensteins Lager gelesen. Wenn man sie nach diesem Meisterwerke fragte, so würden sie sagen: Ein solches Warenhaus gibt es bei uns nicht. Aber die Worte des zweiten Jägers: »Der Krieg hat kein Erbarmen« unterschreiben sie alle, obschon dies die wenigsten können. Statt Lesen, Schreiben und Rechnen haben sie Morden, Sengen und Brennen gelernt. Endlich kam ich leidlich erhalten in Mukden an. Mit größter Mühe fand ich in einem Ausspann »Zum goldenen Torpedo« ein Zimmerchen, welches doch so groß war, daß etliche tausend Wanzen bequem darin wohnen konnten. »Heiliger Zacherl«, rief ich schaudernd aus, »warum tötet ihr denn diese Bestien nicht?« worauf mir der Wirt antwortete: »Es sind ja keine Menschen.« Eines der zehntesten Gebote »Du sollst nicht morden« wenden diese Menschen nicht auf Menschen an. Den Wanzen krümmen sie kein Haar, im Gegenteil schonen sie sie, damit sie ungestört die Menschen peinigen können.

Hier, im Herzen der Mandschurei, erkläre ich: Für die Russen hat die Kultur, die alle Welt beleckt, keine Zunge, die bei uns jede Wage und jede Schnalle hat. Das geht soweit, daß die Ansichtskarte nicht bis hier vorgedrungen ist. Als ich eine solche mit einem Gruß aus Mukden kaufen wollte, fragte mich der Papierhändler, ob ich verrückt sei. »Njet!« antwortete ich russisch und verletzt, worauf er sagte, daß ich mir solche Späße nicht wieder erlauben sollte, ohne ihn zu bestechen.

Charakteristisch für die Bestechlichkeit der Russen ist, daß die Lazarette durchaus nicht überfüllt sind, daß aber Verwundete, welche von den Billethändlern keinen Platz für ein Bett kaufen, überhaupt nicht aufgenommen werden.

Fortwährend landen japanische Truppen, die nach Port Arthur marschieren. Vor einigen Tagen wieder 50 000 Mann. Auf ihrem

Marsch werden sie von den Kosaken, die ja als Spaßverderber berüchtigt sind, fortwährend aufgehalten. So in der Nacht auf den 21. Da passierte es, daß weder die Japaner, noch die Russen die Hand vor Augen sehen konnten. Die Folge war, daß beide sich selbst beschossen, und als es hell wurde, stellte es sich heraus, daß sie sich über die eigenen Haufen geschossen hatten. Es war eine Schlacht unter Brüdern. Die Russen zogen ihren Toten japanische und die Japaner den ihrigen russische Uniformen an, und so endete diese unglückliche Nacht zu aller Zufriedenheit, so daß am 22. mittags hier und in Tokio Viktoria geschossen werden konnte. Viel Lärm um nichts und des Hasses Müh umsonst! Fast shakespearisch! Dieses ewige Viktoriaschießen ist nachgerade im höchsten Grade diskreditiert. Ich weiß aus bester Quelle, – ich habe das Stubenmädchen durch Bestechung bewogen, mir ihr Herz zu schenken und keine Geheimnisse vor mir zu haben, – daß man in St. Petersburg beim Viktoriaschießen ganz verzweifelt fragend ausruft: »Donnerwetter, haben wir schon wieder Haue bekommen?« Es ist ja erklärlich, daß man dies nicht bejahend kanonieren will und die Niederlage deshalb mit dem Siegel des Viktoriaschießens bedeckt. Und dies wird sich auch nicht ändern, bis das Viktisschießen eingeführt sein wird. Also niemals. Keine Calendas sind so γραεχασ, daß wir dies erleben werden.

Die Nachricht, daß Rußland zwei Millionen Mann mobil machen wird, um den Krieg zu beenden, hat nicht die Wirkung hervorgebracht, die sich Rußland von ihr versprochen. Sie kommt den Japanern japanisch vor. Zwei Millionen sind zwei Xerxesheere und kein Deus, der aus der Exmaschine springt, sondern höchstens mit einer Festina, deren Lente nicht abzusehen ist. Bis von diesen zwei Millionen auch nur die bessere Hälfte, nicht zu verwechseln mit der gleichnamigen Gattin, ins Feld rücken kann, hat sich der Japaner längst in den Pelz Port Arthurs gesetzt und ist nicht wieder aus ihm heraus zu insektenpulvern. Diese Mobilmachung käme also, wie ich es nennen möchte, post Festung. Der Lateiner wird über diese Bemerkung aus der Haut fahren, aber er wird sehr bald einsehen, daß sie den nichtphilologischen Nagel auf den Kopf trifft, und wieder in seine Haut zurückkehren, die ihm eben noch schauderte. Abgesehen von allem, wie will Rußland zwei Millionen Mann in dem Lande eines Feindes ernähren, der nach russischer eigener Überzeu gung ihm nicht das Wasser reicht! Von den Enten, welche die russischen Behörden jetzt über den Gang der Ereignisse in die Welt setzen, kann eine Armee nicht leben, und wenn alle diese mobilgemachten Russen Eisenfresser wären, so viel Eisen gäbe es in der ganzen Welt nicht, um diese Soldaten auch nur eine Woche lang zu sättigen. Auch die Katzenköpfe, welche die Russen von den Japanern bis jetzt bekommen haben, würden ihnen keinen Braten liefern, ebenso ungenießbar wie das Schwein, welches die Russen bis jetzt nicht gehabt haben. Rußland mag ja sehr reich sein, sein goldenes Kalb unerschöpflich, sein Kredit ohne Grenzen, und seine Rubel mögen wie seine Armeen ununterbrochen geschlagen werden, die Masse, die erst mobil gemacht werden soll, bringt es nicht, und sei sie auch noch so zahlreich.

Vorläufig liegt für die Russen nicht nur auf dem Lande, sondern auch auf dem Wasser wenig Zukunft. In den Gewässern von Wladiwostok ist der Kreuzer Bogatyr auf einen ohne Zweifel im Wege stehenden Felsen gerannt und untergegangen. So erzählte mir heute Morgen ein Russe, der hinzufügte: Wissen Sie, was wir haben? Smola.

Ich gab das zu, um ihn nicht zu erzürnen. später fragte ich meinen Wirt. was Smola, das die Russen haben, bedeute. Er sagte: Pech, Sie Wol.

Da ich auch dieses nicht verstand, fragte ich den Hausknecht, der mir sagte, Wol heiße Ochs.

Ich dankte verbindlichst, ohne mich beleidigt zu fühlen. Abgesehen davon, daß ich wünsche, immer Wol zu sein, sagte ich mir, daß die Russen durch ihr Smola nervös geworden seien und man Nachsicht mit ihnen haben müsse.

XIII.

W. Es ist das gute Recht des Kriegsberichterstatters, in den Tagen eines Sommerfeldzuges matt zu sein, wie die Seele der Geliebten Ferdinands, obschon ich nicht daran denke, mich auf eine Stufe mit der Limonade oder irgend einem anderen Getränk zu stellen. Ich will mich von den Strapazen der Berichterstattung zu erholen suchen, indem ich einen Schleier lüfte, mich also einer historischen Arbeit widme. Die Vergangenheit aller Völker ist reich an Schleiern. Es gibt kein Volk, dessen Vorzeit nicht verschleiert ist. Diese Schleier sind von der Sage und der Fabel gewoben, und wie das ganze Menschengeschlecht nichts von seiner Wiege weiß, so weiß kein Volk etwas von seinem Ursprung. Und doch muß ein Ursprung vorhanden sein. Ein Volk ist keine Maschinenarbeit, kein Deus, der aus einer Maschine herausspringt, kein Volk fällt aus den Wolken, wie ein Erstaunter, oder wie Regen, Schnee oder wie ein anderes unfreundliches Wetter, kein Volk ist aus der Erde gestampft oder in der flachen Hand gewachsen, wie der König Karl in der Jungfrau sagt, welche durch diese Quellenangabe nicht beleidigt sein kann. Ein Volk ist aus dem andern hervorgegangen. Das ist festzuhalten wie ein auf frischer Tat ertappter Einbrecher.

Japan hat in der letzten Zeit einen mächtigen Aufschwung genommen im Gegensatz zu China, welches augenscheinlich vom politischen Schauplatz – verzeihen Sie das harte Wort! – abtritt. Daß die Japaner Einwanderer sind, das steht fest. Man fragt also: Woher sind die Japaner gekommen? Und ich glaube, diese brennende Frage auf ihren Heerd beschränken zu können, indem ich antworte: Die Japaner sind Nachkommen der Juden.

Das ist nun zwar so leicht gesagt wie eine Bettfeder, ein Quentchen oder ein Haar, aber es wird nicht schwer sein, es zu beweisen.

Mehrere der zwölf Stämme der Juden sind verschollen. Was heißt: Verschollen? Verschwunden. Aber Völkerstämme können nicht verschwinden, wie ein Kassenbeamter, ein Liebespaar, ein Gefangener. Völkerstämme lassen sich irgendwo anders nieder, wo es ihnen besser gefällt, und sagen: Hier habe ich mein Ubi gefunden, hier ist mein Ibi. So können denn auch die verschollenen jüdischen

Stämme nicht wie von den Trompeten Jerichos völlig weggeblasen sein, sondern sie waren fortgezogen, um nach Jahrtausenden, oder wohl auch noch früher, wieder in die Erscheinung zu treten. Sie haben sich dann sehr verändert, reden eine andere Zunge, haben ihre Farbe und ihre Sitten gewechselt, aber sie sind dennoch diese verschollenen Stämme. Alles deutet nun darauf hin, daß die Japaner diese verschollenen Stämme Israels sind.

Ich will etliche Beweise dafür bringen.

Es ist den Russen aufgefallen, daß sie täglich mit alleiniger Ausnahme der Sonnabende gehauen wurden. So angenehm ihnen diese Entdeckung war, so erstaunten sie auch, als ihnen mitgeteilt wurde, daß es den Japanern verboten sei, am Sonnabend zu arbeiten, wozu sie auch das Flechten von Lorbeerkränzen, das Pflücken von Siegespalmen und das Bemühen, einen Feind aufs Haupt zu schlagen, rechnen. Ganz wie die Juden, welche am Sonnabend die Hände in den Schoß legen und höchstens zum Reden gebrauchen, ebenso die Füße, welche der strenggläubige Jude am Sonnabend nicht dazu verwenden darf, große Wege zurückzulegen, was aber im Kriege nicht zu vermeiden wäre, wenn der fliehende Feind verfolgt wird.

Sehr auffallend ist die Bemerkung des Konversations-Brockhauses in seinem Artikel Japan: »Schweine werden nur für den Gebrauch der Ausländer gezüchtet.« Der Japaner ißt also kein Schwein, sondern hat es nur und zwar zum Leidwesen der Russen. Ich weiß nicht, ob ich es war, der den Satz gesprochen hat: »Sag' mir jeder, was er nicht ißt, und ich will Dir sagen, was Du bist,« und ich könnte jetzt hinzufügen: »Im Schwein ist Wahrheit.« Indem der Japaner dem Schwein den Charakter als Genußtier abspricht, ist es offenbar, daß er dem Speisezettel der Stämme Israels treu geblieben ist.

Zwei Orden hat Japan. 1875 wurde der der aufgehenden Sonne, 1876 der der Goldblume gestiftet. Der letztere ist doch gewiß für Kommerzienräte und Bankdirektoren wie geschaffen.

Allerlei japanische Namen sprechen gleichfalls für meine Entdeckung. Vor allen der Namen der Hauptstadt: Tokio. Tokio lautet ein Satz in dem Solo, das an Festtagen während des jüdischen Gottesdienstes auf dem Schophar geblasen wurde und auch heute noch geblasen wird. Als die Japaner nun sagten. »Lasset uns eine Metropole, oder eine Residenz, oder eine Reichshauptstadt bauen, damit wir die ganze Regierungsblase beisammen haben, auf daß sie nicht über das ganze Land zerstreut sei«, da nannten sie diese Stadt wohl aus diesem Grunde Te- oder Tokio. Es kann aber auch sein, daß das Tekioblasen nach einem großen Siege der Juden die Stelle des Viktoriablasens, des sogenannten Tekio gedaulo, vertrat, und daß die Stadt von dieser musikalischen Salve des Widderhorns ihren Namen erhalten hat.

Ich muß noch weiter darauf hinweisen, daß die chinesische und die japanische Sprache Verwandte sind, wenn auch, wie viele Verwandte, feindselige und unangenehme. Der Name der Stadt Weihaiwei ist nun entschieden jüdischen Ursprungs. Dies dürfte wohl auch allgemein unbekannt sein, aber dem Kenner des jüdischen Büchmann, der noch zu schreiben sein wird, ist ohne Zweifel der Ausruf Eiweih! ziemlich ohrgerecht, wenn er ihn an Stelle eines Achherjeh! oder: O Du meine Güte! laut werden hört. Man darf also annehmen, daß die Japaner auf ihrem Zuge nach dem Inselreich eine Stadt gegründet haben, die ihnen vielen Schweiß gekostet hat, weshalb beim Aufbau häufig Eiweih! ausgerufen worden sein mag, wie etwa bei der Gründung der Stadt Weimar, bei der man damals doch noch nicht die spätere klassische Bedeutung ahnen konnte und deshalb den zitierten Ausruf nicht zu unterdrücken brauchte.

Mehr als alles aber spricht für die jüdische Abstammung der Japaner der Haß, mit welchem sie an den Russen hängen. Man braucht nur, wie Karpeles schreibt, einen Blick in das japanische Regierungsblatt »Tschuwo« (lies: Antwort, auch Buße) zu tun, um zu begreifen, wie unmöglich es war, den japanischen Mars im Keime zu ersticken. Der russische Barbar war auch zugleich der Barbier, der die Juden nie ungeschoren ließ, d. h. sie immer zwickte, während die orthodoxen Juden sich lieber selbst zwicken, das Scheeren aber für verboten erachten. Man braucht nur an Kischenew zu denken, woselbst die Russen wie die wilden Pückler gehaust haben. David Mikado zog gegen den Moskowüterich Goliath aus und wird ihm vor Port Arthur zeigen, was eine Schleuder ist.

Allmählich fangen auch die Russen an, zu der Einsicht zu gelangen, daß es falsch war, durch ihre Judenverfolgungen die Japaner zu reizen, und allgemein herrscht unter ihnen die Ansicht, daß die Japaner sich mit ihrem Siege nur so beeilen, weil sie wünschen, das Neujahrsfest (10. und 11. September), den Versöhnungstag (19. September) und das Laubhüttenfest (vom 24. September bis 1. Oktober) in der Heimat zu feiern. So schrecklich den Russen dieser Gedanke ist, so freuen sie sich doch auch, daß sie auf ihn gekommen sind, denn sie erwarten, daß Europa ihnen nun beistehen wird, damit durch den Sieg der Japaner die Juden aller Länder nicht ermuntert werden, sich als Kriegsmacht aufzutun, welche mit Waffengewalt zu erreichen sucht, was ihnen noch an irdischer Glückseligkeit fehlt: das Reserveleutnantspatent, die Revision der Börsengesetze, die Abschaffung der Warenhaussteuer und der Achtuhrschluß der Zionistengeschäfte. Es frägt sich aber, ob Europa Lust haben wird, sich in die Suppe zu mischen, welche sich Rußland eingebrockt hat. Ich glaube nicht. Europa kennt die Wertlosigkeit der selbst aus dem besten Feuer geholten Kastanien und wird so neutral wie möglich bleiben. Namentlich wird Deutschland so was selbst in seinen kühnsten Nächten nicht im Traume einfallen, da es durch seinen Generalmajor Meckel die japanische Armee reorganisiert und zwar so neugebildet hat, daß ihr die Russen weder das Feuer, noch das Wasser zu reichen vermögen.

Der Fall Port Arthurs steht bevor. Wäre dies nicht der Fall, so würde ich es nicht sagen. Ich werde dergleichen doch nicht aufs Gerathefalsch behaupten. Festungen, welche belagert werden, fallen wie die Fliegen. selbst Metz. Und Port Arthur ist im Vergleich mit Metz nur ein Mätzchen, oder, wenn dies beleidigend klingen sollte, ein Piepmätzchen. Von Paris gar nicht zu reden, welches glaubte, es könne niemals fallen, weil es daran gewöhnt war, sich für infallibel zu halten: es fiel nach der tapfersten Gegenwehr. Wie will Port Arthur sich halten, wenn es von den Japanern gestürmt wird?

Nach dem Fall Port Arthurs wird der Krieg ein Ende nehmen, oder doch eines seiner zwei Enden. Darin ist der Krieg wie eine Wurst. Auch der deutsch-französische Krieg hatte zwei Enden: Sedan und Paris. Wenn die Japaner Port Arthur haben, so haben sie die Mandschurei. Dann werden die Russen noch eine große Feldschlacht zu schlagen versuchen, und diese wird das zweite Ende sein. Dann wird Rußland erklären, Japan sei aufs Tiefste gedemütigt, die japanische Armee sei aufgerieben, es wird in allen Residenzen des Zaren derart Viktoria geschossen werden, daß niemand in dem entstehenden Pulverdampf die Hand wird vor Augen sehen können, und in allen Kirchen werden Dankgottesdienste zur Feier des Sieges stattfinden. Japan aber wird zufrieden sein und die Faust, mit der es Rußland niedergeschlagen hat, in ein Fäustchen verwandeln, in das es lacht.

XIV.

Herrn Wippchen in Bernau.

Ihre freundliche Erstürmung Port Arthurs durch die Japaner ist doch etwas verfrüht. Wir senden Ihnen Ihr Manuskript hiermit zurück, indem wir Sie bitten, es uns mit einer wesentlichen Änderung zurückzusenden, so daß wir es sofort in den Druck geben können, wenn die Nachricht von der wirklich stattgehabten Erstürmung eintrifft. Wir halten es für nötig, daß Sie die Erzählung von den Gänsen, welche die Russen für den Fall eines plötzlichen nächtlichen Überfalls auf den Festungsmauern umherlaufen ließen, fortstreichen und durch eine andere Geschichte ersetzen. Zwar wecken bei Ihnen die Gänse durch ihr Schnattern die Wachen, wie die auf dem Kapitol, und die Festung wird trotzdem erobert, aber Sie erinnern denn doch mit Ihrer Erzählung zu lebhaft an die bekannte Episode der Erstürmung des Kapitols durch die Gallier, und derlei kindische Geschichten können wir denn doch nicht unseren Lesern auftischen.

Wir finden nun in den Zeitungen die Mitteilung, Rußland beklage sich über die von den Japanern begangenen Grausamkeiten. Würden Sie so freundlich sein, in dieser Angelegenheit das Wort zu ergreifen? Es wäre uns sehr willkommen, wenn Sie uns rasch etwas nach dieser Richtung hin aufklärendes Material senden würden.

Ergebenst

Die Redaktion.

*

Bernau, den 2. Juli 1904.

Mit einer an Fanatismus grenzenden Nachgiebigkeit, wobei ich nicht einmal denke, daß der Klügere so dumm ist, nachzugeben, habe ich meinen letzten Bericht, die Erstürmung, Einnahme und Schleifung der Festung Port Arthur, entgänst. Ich strich die Gänse heraus. Ich streiche immer die Gänse heraus als die appetitlichsten Vögel aller Speisekarten der Welt. Was haben Sie nur gegen diesen nützlichen und harmlosen Vogel? Wenn eine vielschwatzende Frau, ohne es zu wollen, Sie an das Ewigschnatternde erinnert, so können

Sie dies doch nicht den Gänsen in die Schuhe schieben. Es gibt allerdings schönere Vögel, ich gebe es zu, die Gans ist keine Venus. Das Rebhuhn und der Fasan sind schön und können, wenn sie nicht zu teuer sind, eine Augen-, nicht lediglich eine Gaumenweide sein. Der Adler ist imposanter und mit Recht stolz, als wisse er, daß die Menschen ihn den Gefiederkönig nennen, aber wir werden doch niemals durch eine mit Adlerschmalz belegte Stulle eine mit Gänsefett belegte in den Schatten essen können. Eine Portion Gänseklein, wenn sie nicht zu klein ist, die man beim Kellner bestellt, und die dann nicht mehr zu haben ist, kann einen Feinschmecker, dessen Leibgericht sie ist, derart aus dem Häuschen bringen, daß er erst am anderen Mittag in dieses zurückkehrt: ein Schicksal, dem er gewiß gerne – verzeihen Sie das harte Wort! – ausweicht. Ich war daher nicht wenig erstaunt, als Sie etwas gegen meine Gänse des Kapitols, die ich nach Port Arthur versetzte, einzuwenden hatten. Diese Gänse sind bekanntlich doppelt geflügelte Vögel, als Vögel und als die Retterinnen des Kapitols. Niemand ist es bis jetzt eingefallen, sie in ihrer letzteren Eigenschaft als Enten zu erklären. Sie haben die Wachen der Römer aus dem Schlaf geschnattert, was ja sehr natürlich ist, denn auch Sie haben wohl noch in keiner Gesellschaft schlafen können, wenn eine Frau anwesend war, deren Mund wie derjenige Körperteil, ohne den die Enten nicht leben könnten, nicht stillsteht. Ich sagte mir also: Hat sich die Gans in der historischen Kriegsgeschichte schon als mitwirkend bewährt, so kann sie dies auch ein zweites Mal. »Alles wiederholt sich nur im Leben«, sagt Schiller, dem Sie doch nicht den Vorwurf machen können, daß er die Unwahrheit sage, und wenn Hegel erklärt: »Alles, was ist, ist vernünftig,« also auch die Gans, warum soll die Gans nicht wiederholt vernünftig sein? Sie haben also meinem Bericht Unrecht getan.

Um die Gans nicht totzureiten, wollen wir sie zu den Akten legen. Aber bei dieser Gelegenheit fällt mir ein, wie oft die Ähnlichkeit der Wörter Kapital und Kapitol zu Scherzen Veranlassung gab. Es ist ja das A und O der Anekdotenschmiede, daß sie das Naheliegende ergreift. Mich allerdings stimmt es nicht heiter, wenn ich das Wort Kapital lese, höre oder schreibe, denn mir fehlt es. So bitte ich Sie denn um einen so kleinen Vorschuß, daß es Ihnen ein Leichtes sein wird, ihn zu verdoppeln, also im ganzen um 50 M.

Beigehend die gewünschten Grausamkeiten der Japaner.

*

Mukden, den 1. Juli 1904.

W. Noch immer bin ich hier, da das Reisen mit den blutigsten Gefahren verknüpft ist. Man bekommt eine Kugel, mit der man nichts anzufangen weiß, und hat sie sich selbst zuzuschreiben. Wem Gott jetzt rechte Gunst erweisen will, den schickt er am allerwenigsten von hier aus in die weite Welt.

Wenn namentlich in diesem Augenblick in den vom Kriegsschauplatz eintreffenden Berichten vielfach der Lüge die Ehre gegeben wird, so steht doch so viel fest, daß die japanische Armee tüchtig vorschreitet, während nach dem ewigen Hin und Her das russische Heer hin ist. Es kommt wohl vor, daß die Russen einen kleinen Erfolg zu verzeichnen haben, aber im Großen und Ganzen war das Glück doch häufiger mit den Japanern als mit den Hohenstaufen, wenn Raupach in seinem König Enzio nicht flunkern sollte. So betrachtet ist die Lage die, daß, wenn die Russen in der erwarteten Hauptschlacht aufs Haupt geschlagen werden, – daher der Titel Hauptschlacht – der blutige Mars sich seinem Ende zuneigen wird.

Mittlerweile sind auf russischer Seite Klagen über die Grausamkeiten der Japaner laut geworden, welche ich nicht mit dem Mantel des Schweigens bedecken kann. Denn ich trage solchen Mantel schon aus dem Grunde nicht, weil es in einer wichtigen Streitsache, wie dies der Krieg doch leider ist, nicht die Aufgabe des Mundes sein kann, sich halten zu lassen.

Vor allem: Der Krieg ist kein Kinderspiel. Mars' Zukunft liegt auch in unserer zivilisierten Zeit nicht auf dem Rosenöl, Kriegserklärungen werden nicht auf Rosenblätter geschrieben. »Nun soll es an ein Schädelspalten«, sagt Valentin in Faust und wird erstochen. Wenn sich zwei Nationen in die Haare geraten, so tun sie es nicht, um sie sich gegenseitig zu frisieren, sondern um sie sich zu sträuben. Krieg kommt von kriegen: Haue kriegen, es mit der Angst kriegen, sein Fett kriegen, den Feind wollen wir schon kriegen, und, da manchen Ehen der Friede fehlt, sich kriegen. Wenn ein Volk dem andern den Handschuh zuwirft, so geschieht dies nicht mit Glacehandschuhen. Mit dem Handschuh werden auch die Gesetze der Menschlichkeit aufgehoben. Ich kann Cicero nur recht geben, wenn er sagte: Silent leges (im Lärm der Waffen) inter armas (schweigen die Gesetze). Wenn die Kanonen Blei oder Unheil gähnen, ist dies ein Beweis, daß ihnen die Humanität langweilig ist. Da hilft kein Maulspitzen, sagt die Kugel, es muß gepfiffen sein, und sie pfeift so unbarmherzig, als werde ein schlechtes Stück aufgeführt, und wo sie einen Menschen trifft, da wächst kein Gras, obschon der Getroffene hineinbeißt. Natürlich ist dies grausam, aber nicht zu ändern. Ich muß gestehen, wenn man die Russen hört, so ist viel Wahres in ihrem Vorwurf der japanischen Grausamkeit. Heute sprach ich über diesen Gegenstand mit einem hohen russischen Beamten, der pensioniert ist und von den Zinsen der an ihm begangenen Bestechungen lebt. Ich nenne seinen Namen nicht, da er ihn ja kennt und ich ihn vergessen habe, eine Diskretion, die mir Ehrensache zu sein scheint.

Ist es nicht schon eine Grausamkeit, begann er, daß die Japaner so viele Russen gezwungen haben, Vater und Mutter zu verlassen und sich den Gefahren der Kugeln auszusetzen, welche von allen Seiten der japanischen Schlachtlinie auf sie eindringen? Sagen Sie: Jawohl, oder ich kenne meine Knute nicht vor Wut.

Jawohl, sagte ich.

Mit einer grausamen Raffiniertheit, für die mir die Worte fehlen, sprengen sie unsere Schiffe in die Luft. Was soll das? Was haben unsere Schiffe in der Luft zu tun? Schiffe gehören aufs Wasser. Unsere Flotte besteht nicht aus Luftschiffen. Es ist wahrhaft empörend, mit welcher Hinterlist Minen ins Wasser gelegt sind. Es sind Minen, die zu dem bösen Spiel passen. Es ist eine Gemeinheit. Geben Sie mir Recht, oder ich werfe Sie hinaus.

Ich gab ihm Recht.

Wenn Sie unsere Artilleristen kennen würden! Arme Leute, welche nichts haben, als ihr Geschütz, mit dem sie ihr Vaterland für einen schäbigen Sold verteidigen. Was tun nun die grausamen Japaner? Aus dem hintersten Halt stürmen sie hervor und nehmen den armen Leuten die Kanone ab! Nun stehen die Artilleristen ohne Kanone da und obenein in einem fremden Land, dessen Sprache sie nicht kennen, und sie haben nichts anders gelernt, wodurch sie sich ernähren könnten. Sie können nicht lesen, nicht schreiben, sondern nur kanonieren. »Laß' sie betteln gehn, wenn sie hungrig sind!«

Heißt das nicht die Unmenschlichkeit auf eine mit ewigem Schnee bedeckte Spitze treiben? Sagen Sie: Jawohl, oder Ihr letztes Stündlein schlägt sofort.

Jawohl, sagte ich.

Und nun unsere Pferde. Es sind harmlose Tiere, wie alle anderen Pferde, krümmen keinem Reiter ein Haar und sind zufrieden, wenn sie ihr Futter pünktlich kriegen. Gütiger Zar, wie grausam werden sie von den Japanern behandelt! Die Japaner schießen ihnen eine Kugel in den Leib, als ob sie jagdbares Wild wären. Würde es Ihnen einfallen, auf ein Haustier zu schießen, auf Hunde, Katzen, Hummer, Karpfen, Kanarienvögel? Nun, so harmlos sind auch unsere Pferde. Ist der Japaner nicht ein Barbar, ein Vandale, ein Kannibale? Sagen Sie: Unbedingt, oder ich denunziere Sie, daß Sie den Zar beleidigt haben, und Sie müssen morgen nach Sibirien.

Unbedingt, sagte ich.

Jetzt wollen diese grausamen Burschen Port Arthur dem Erdboden gleichmachen. Denken Sie sich: dem Erdboden. Sie wollen diese Festung umzingeln und so aushungern, daß kein Wodki mehr vorhanden sein wird. Und wenn sich das die Garnison nicht gefallen lassen will, so wird diese Festung dem Erdboden gleichgemacht. Ich wiederhole: dem Erdboden. Wird Europa dies ruhig mitansehen können, wird der Erdboden sich nicht gegen solche Grausamkeiten aufbäumen? Gibt es ein grausameres Volk, als dieses japanische? Sagen Sie: Nein, oder Sie fliegen die Treppe hinunter.

Nein, sagte ich.

Jetzt verabschiedete ich mich nachdenklich. Hoffentlich liest Frau von Suttner diesen Bericht nicht.

XV.

W. Ich falle mit der Tür in den Bericht. Ich sehe nicht ein, aus welchem Grunde ich mit Hilfe meines Herzens die große Zahl der Mördergruben um eine vermehren sollte. Ich will meiner Leber die Ehre erweisen, frei von ihr zu sprechen, und meinen Lesern mitteilen, daß ich der Gewalt – verzeihen Sie das harte Wort! – weiche.

Sie fragen mich, lieber Leser, was ich beabsichtige? Nun, ich mache diesem unheilvollen Kriege ein Ende.

Ich ergreife die Pforte des Janustempels und werfe sie zu.

Die Kriegsdrommete lege ich bei Seite. Ich könnte sie nur noch zum Trübsalblasen benutzen.

Meine Bemühungen, klar zu sehen, sind umsonst. Die Japaner schlagen die Russen, daß man sie eine Sadistenarmee nennen könnte. Aber wenn dies geschehen ist, so setzt sich General Kuropatkin nieder und schreibt dem Zaren, er habe den Feind in eine Flucht geschlagen, deren Wildheit ihm Schrecken einflöße. Die Niederlage, welche er den Japanern bereitet habe, sei so groß, daß ihm für solche Größe der Maßstab fehle. Die armen Japaner bedeckten derart das Schlachtfeld, daß vom Schlachtfeld überhaupt nichts mehr zu sehen sei.

Die Wahrheit ist, daß die Flucht, in die die Japaner geschlagen worden sein sollen, gar nicht vorhanden ist. Ich habe der Schlacht am 24. beigewohnt. Die Japaner gingen nach einem zwölfstündigen Artilleriefeuer vor und vertrieben die Russen aus ihren festen Stellungen. Natürlich avanzierte auch ich. Was lese ich nun? Die Japaner nahmen Reißaus. Also müßte ich doch gleichfalls so viel Fersengeld bezahlt haben, daß ich keinen Pfennig mehr in der Tasche hatte. Ich kann, dieses lesend, nur ein lautes Lächeln aufschlagen. Als ob ich nicht wüßte, ob ich vorwärts oder zurück gegangen sei! Ich bin vorwärts gegangen, nicht zurück, wie ein Krebs, bin nicht ausgerissen wie ein hohler Zahn. Wenn das letztere der Fall wäre, so würde ich es sagen, so würde es mir nicht einfallen, das Gegenteil zu behaupten. Wir waren den Russen auf den Hacken, und General Kuropatkin leugnet einfach diese Hacken. Ja, muß ich mich fragen, waren denn das nicht die Hacken der russischen Armee, was war denn das sonst? Hacken sind Hacken, und kein Kuropatkin kann mir einreden, daß sie etwas anderes als Hacken waren.

Ähnliches erlebe ich bei den Japanern. Wenn wir vor den Russen zurückweichen, so lese ich in dem Bericht an den Mikado, daß wir das Gegenteil getan haben. Dann steht mein Verstand still und fragt sich: »Bin ich etwa der Verstand, den ein vernünftiger Mensch verloren hat?« Nein, antworte ich ihm, Du bist mein Verstand, ich habe mit den Japanern den Russen den Rücken und keinen anderen Körperteil gekehrt, ich bin der Übermacht mit gewichen, um den Haufen zu vermeiden, über den mich die Russen jedenfalls mit gerannt hätten, wenn ich länger Stand gehalten haben würde. Mit jedem Japaner, der vor dem Feind gestanden, hatte ich mir gesagt: Hier ist meines Bleibens nicht, fort von hier, wo mich jeden Augenblick eine russische Kugel wie ein talentloser Maler treffen kann, nämlich so, daß ich nicht zu erkennen bin und jeder Freund ausrufen wird: »Sehr ähnlich! Wer ist das?« Und so suchte ich denn mein Heil so lange in der Flucht, bis ich es gefunden hatte. Das ist die volle Wahrheit, während ich aus dem Bericht an den Mikado erfahre, daß ich mit den Japanern einen großen Sieg über die Russen davongetragen habe.

Das will ich nicht mehr mitmachen. Ich will um keinen Preis mehr über einen Sieg der Japaner berichten, der dem Kaiser von Rußland als Niederlage der Japaner gemeldet wird, und ich will auch nicht mehr einen Sieg der Russen beschreiben, welcher an den Mikado als Niederlage der Russen telegraphiert wird.

Ich muß ganz offen eingestehen, daß mir der Zar und der Mikado leid tun. Wenn Ente perdrix hieße, so würde ich sagen, daß ihnen doch die Enten aus dem Hals wachsen müßten. Keinesfalls ist es anständig, zwei Herrschern, welche keine Zeit haben, persönlich an die spitze ihrer Armee zu treten, so viele Ickse für Uhs vorzumachen, daß sie kaum etwas anderes als Ickse sehen. Man stelle sich einen mächtigen Herrscher vor, der von seinem kommandierenden General, den er mit Ehren, Geld und Orden überhäuft, einen Brief erhält, in dem er die Worte liest wie: »Xntertänigst Mxthig xnd voll Xngedxld. Xnser Verlxst ist nxr xnbedextend. Wir schlxgen die Rxssen in die Flxcht, oder: Die Japaner xnterlagen.« Wie ich höre, sollen die bezeichneten Herrscher ihren Heerführern bei Strafe lebenslänglicher Enthauptung befohlen haben, künftig ihren Fingern, aus denen sie ihre Berichte saugen, nicht mehr freien Lauf zu lassen, sondern den Herrschern wenigstens dann und wann etwas vorzuwahrheiten und sich so das Flunkern allmählich abzugewöhnen. Der Zar soll gesagt haben: »Nun schön, ich will es Kuropatkin ja gern erlauben, hier und da der Unwahrheit die Ehre zu geben, dann und wann mag ja der Becher, in dessen Wein sich keine Wahrheit befindet, überschäumen, aber wenn er mir immer das Blaue vom Himmel herunterberichtet, so kann es mir doch kein Ersatz sein, daß er selbst fortwährend von den Japanern durchgebläut wird.« So wird mir heute von einem höheren japanischen Offizier erzählt, der aber selbst gerne lügt. Seine Worte sind also mit der Mutter der Weisheit aufzunehmen.

Auch dem Mikado wird viel nach wie vorgelogen. Er ist zwar bedeutend strenger als der Zar, und wenn er die kurzen Beine, welche die Lügen haben, auf sich zukommen sieht, so kennt sein Zorn nichts so genau wie keine Grenzen. Auf der anderen Seite aber liest er gern, daß seine Armee fortwährend siegt, wenn er auch weiß, daß das Licht, hinter das er genasführt wird, den dunklen Punkt des betreffenden Berichts bildet. Das wissen seine Generäle nur zu gut, und darum lügen sie denn den Vater aller Enten, den Freiherrn von Münchhausen, nach Kräften in den Schatten. Alsbald fängt dann der Mikado das Ordensverleihen an, daß mancher Heerführer keinen Platz mehr auf der Brust hat, die Auszeichnungen unterzubringen und schon genötigt ist, den Rücken zu Hilfe zu nehmen.

Man wird mir zurufen: Ei, so berichte du doch die Wahrheit! Ich werde antworten: Zuvörderst bin ich nicht die zweite Person Singu-
, sondern die dritte Person Pluralis. Ich bin es nicht gewöhnt, daß man mich duzt. Man duzt wohl ein Kind und eine Geliebte, aber ich bin weder das eine, noch die andere. Dann habe ich zu antworten: Ein gewissenhafter Kriegsberichterstatter wird allerdings in allen Kriegen die Wahrheit schreiben, aber dies ist in den Haaren, in welchen sich die Russen und die Japaner lügen, fast unmöglich. Denn wenn ich der Wahrheit gemäß melde, daß die Russen oder die Japaner unterlagen, so melden die betreffenden Generale der Unwahrheit gemäß, daß sie überlagen, und alle Welt hat dann Gelegenheit, mir auf den Kopf oder auf einen anderen edlen Körperteil

zuzusagen, daß ich ein Entenverbreiter, um nicht Lügner zu sagen, sei, und ich hätte einen Titel, welchen ich nicht wieder loswürde, ganz abgesehen davon, daß man mir befehlen würde, auf dem Stuhl Platz zu nehmen, den man mir vor alle Hauptquartiere setzte.

Ich glaube also, das Richtige zu tun, wenn ich, wie ich oben sagte, diesem unheilvollen Kriege hiermit ein Ende mache. Ich fühle nicht die Kraft in mir, den Russen und den Japanern im Lügen zu folgen, ihren Enten das Wasser zu reichen. Es wäre mir ein Leichtes, täglich einen großen Teil der Flotten in die Luft zu sprengen, ganze Regimenter aufzureiben, Festungen, die nirgends liegen, wie wehrlose Rasiermesser zu schleifen, und Truppen, die erst noch einzuberufen sind, da landen zu lassen, wo überhaupt kein Land vorhanden ist. Papier ist ja geduldig und der Telegraph fast noch geduldiger, selbst der ohne Draht. Aber die Folge wäre, daß, wenn ich russische Schiffe in die Luft sprengte, die Russen erklärten, es seien japanische Schiffe gewesen, und wenn ich japanische Regimenter aufriebe, die Japaner behaupteten, es handle sich um einen böswilligen Druckfehler, die aufgeriebenen seien russische Regimenter. Gegen Automobile kann man eben nicht anstinken. Dazu fehlt mir wenigstens das nötige Benzin.

Also: Schluß. Wie gesagt, ich werfe die Janustür ins Schloß. Wenn ich eines Tages bemerken werde, daß die Heerführer auf beiden andere Saiten aufziehen und endlich anfangen, glaubwürdig zu berichten, dann werde ich mit Vergnügen wieder zur Tinte greifen. Ich glaube, nicht anders handeln zu dürfen. Ich bin dies meiner journalistischen Ehre schuldig, und es ist mir peinlich, mich von ihr mahnen zu lassen.

Der Kampf um Macedonien

Konstantinopel, den 20. August 1903.

W. Mit dem fahrplanmäßigen Zuge bin ich gestern hier eingelaufen. Ich stieg im »Goldenen Turban« ab, in einem Hotel, in welchem, wie man mir gesagt hatte, das persische Insektenpulver furchtbar unter dem Un- und Mißgeziefer aufgeräumt haben sollte. Leider ohne Erfolg. Allerdings können ältere Wanzen sich nicht erinnern, jemals so viele Verwandte eingebüßt zu haben und beklagen zu müssen. Ebenso sind die Flöhe in Massen dahingerafft worden, und wenn die Hinterbliebenen umherspringen, so geschieht dies wahrlich nicht vor Freude. Aber es sind doch von den Wanzen und Flöhen derart genug übrig geblieben, daß es mir unmöglich gewesen wäre, in Morpheus Armen auch nur ein Auge zuzutun, selbst wenn sich keine einzige Ratte im Zimmer aufgehalten hätte, wie dies tatsächlich der Fall gewesen ist. Ich ließ mir daher heute morgen den Wirt holen, um ihm eine Strafpredigt zu halten, welche eine Viertelstunde in Anspruch nahm. Natürlich in deutscher Sprache. Dann erst merkte ich, obschon ich mich am ganzen Körper kratzte, daß mich der Wirt nicht verstand, und da ich von der türkischen Zunge nur das Salem alek verstehe, so – verzeihen Sie das harte Wort! – brach ich das Gespräch ab und ließ mir einen Dolmetscher kommen. Dieser metschte mir also, so dol er konnte, daß die Konstantinopolen augenblicklich so voll Sorgen wegen der Haltung Rußlands seien, daß sie sich nicht um den Zustand der Zimmer bekümmern könnten. Ich brauche kaum noch etwas hinzuzufügen, um Ihnen die Lage der Türkei zu kennzeichnen. Die Panik ist einfach unbeschreiblich. Das Herz ist den Türken derart in die Hosen gefallen, daß man nur noch von beherzten Hosen sprechen kann. Der Zar ist allerdings ein Hort des Friedens, aber es stellt sich doch allmählich heraus, daß er vor keinem Kriege zurückschreckt, um endlich den Frieden errichten zu können. Er will den Frieden mit der Gewalt der Waffen erzwingen. Er soll gesagt haben: »Ich will Frieden haben, und wenn ich deshalb einen dreißigjährigen Krieg anfangen müßte!«

Die Erschießung des russischen Konsuls in Monastir war ein großer politischer Fehler. Dieser Mortimer wurde dem Zaren sehr gelegen erschossen. Der Zar ergriff den getöteten Konsul beim Schopfe und erklärte, daß er nur mit Blut abzuwaschen sei. Zugleich stellte er Forderungen an Makedonien, welche schwerer zu erfüllen sind, als die undichten Danaidenfässer mit Wasser. Geschieht kein Wunder, so steht ein neuer russisch-türkischer Krieg vor der Tür der Pforte. Jeden Augenblick kann der Schlüssel der Janustempeltür herumgedreht werden, die sich nicht so bald wieder schließen dürfte.

Wird die Türkei wieder Widerstand leisten können? Ich muß es bestreiten.

Es wird sich herausstellen, daß der Sultan die Vielweiberei oder besser die Vielbräuterei längst hätte aufgeben müssen. Wie kann ein Fürst einem großen mächtigen Feind mit Erfolg entgegentreten, der in seinem Hause nicht weiß, wo er sich vor dem vielen Ewigweiblichen retten soll. Er wird von dem Ewigweiblichen nicht nur hinan-, sondern auch fortwährend nach rechts und links gezogen. Wir Europäer wissen nur zu gut, daß ein Mann häufig schon durch die Einweiberei so mürbe gemacht ist, daß er in seiner Tätigkeit gehemmt wird, und nun sehen wir einen Herrscher, der mehr Frauen als Platz auf den zehn Fingern hat, um alle Eheringe unterzubringen. Und diese Frauenmenge soll ihn nun, wie man versichert, fortwährend zugleich in den Krieg und in den Frieden treiben. Die einen stoßen ihn in die Kriegsdrommete, die andern stopfen ihm die Friedenspfeife. Das ist ein ewiges Auf- und Abhetzen. Wenn er in seinen Harem geht, ist er vielleicht entschlossen, Rußlands Wünsche zu erfüllen, und wenn er seine Favoritinnen verläßt, ist er bis zur Unkenntlichkeit breitgeschlagen und erklärt beim Esisterreicht des Propheten, den Wunsch des Volks erfüllen und Rußland die Spitze bieten zu wollen. Kaum in seinen Palast zurückgekehrt, treffen dann daselbst auch die Vertrauensmänner einiger Favoritinnen, die Eunuchen, ein, welche ihm die schriftliche Bitte derselben überbringen, er möge klein oder groß beigeben und seinen krummen Säbel ungezogen lassen, denn der Krieg sei ein Lotteriespiel, und es sei doch nicht sicher, daß die Türkei gewinne. Sehr wahr! Diese unzähligen besseren Hälften verschlingen natürlich kolossale Summen für Schmuck und Toilette und fürchten deshalb, daß im Fall eines Krieges kein Nickel für sie übrig bleibe könnte. So ist es ihnen vielleicht zu danken, wenn die Türkei zu Mahomed kriecht, weil sie den Krieg nicht wollen, welcher den Sultan zahlungsunfähig und sie brotlos machen könnte. Diese Frauen können sich ohne Harem absolut nicht ernähren. Was sollen sie auch außerhalb des Harems ergreifen, sie, die daran gewöhnt sind, schon in aller Frühe die Hände in den Schoß zu legen und sie den ganzen lieben Tag darin liegen zu lassen! Unsere Frauen wüßten sich mit Novellendichten zu ernähren. Was aber sollen diese unglücklichen Sultanskebse ergreifen, welche zum Glück zu wenig gelernt haben, um Novellen richtig türkisch schreiben zu können!

Zu solchem Unglück kommt hinzu, daß die Türken selbst alles tun, den Zar zu reizen, oder besser, ihm zu einem Krieg allerlei Vorwände zu errichten. Die türkischen Truppen verüben überall gott- oder richtiger: allahlose Grausamkeiten. So bei der Einnahme von Kruschew. Sie plünderten, was nicht niet- und nagelfest war, und was niet- und nagelfest war, das befreiten sie von Nieten und Nägeln, um es forttragen zu können. Einwohner, welche reich waren, wurden getötet, damit sie bequem beraubt werden konnten, und solche, welche arm waren, wurden getötet, weil die Türken wütend wurden, daß sie ihnen nichts rauben konnten. Lassen Sie mich über andere Schändlichkeiten schweigen, weil sich nicht nur meine Feder sträubt, sie zu schildern, sondern weil mir die näheren Details fehlen. Alle diese Nachrichten sind allerdings mit Vorsicht aufzunehmen, weil sie aus russischen Quellen stammen, die zwar lauter als nötig diese Nachrichten verbreiten, aber sonst durchaus nicht lauter sind. Gestern sprach ich darüber mit einem mir befreundeten Muselmann, den ich besuchte und in Tränen fand, in welche seine Muselfrau und Muselkinder einstimmten. »Du lieber Allah«, rief er in seiner blumenreichen Koransprache, »ist es nicht schändlich, daß die Russen solche Enten über unsere Truppen verbreiten? Diese Russen schieben uns die Missetaten in die Schuhe, welche sie selbst in Kischenew trugen, als sie die Juden derart massakrierten, daß keiner mit dem Leben davonkam! Was wird werden, wenn wir diese Barbaren ins Land kriegen? Wird man einen Stein auftreiben können, welchen sie auf dem andern lassen? Wird die Asche, in welche sie unsere Häuser legen, nicht überhand nehmen? Werden die Klingen, über welche wir werden springen müssen, zu zählen sein? Als er diese Fragen an mich stellte, vermochte er sich kaum auf den Beinen zu halten, welche er nach türkischer

Sitte unterschlagen hatte, und ich konnte ihm leider nicht eine einzige seiner Fragen beruhigend beantworten.

Rührend ist es anzuhören, wenn die Türken der Hoffnung Raum geben, Europa werde sich entschließen und ihnen zu Hilfe eilen. In einem heute morgen ausgerufenen Extrablatt des »Byzantinischen Lokal-Anzeigers« wird allen Ernstes mitgeteilt, Bülow Pascha habe erklärt, Deutschland werde der bedrängten Pforte beistehen, weil er es unmöglich ruhig mit ansehen könne, daß der kranke Mann von Rußland in einer Weise massiert werde, daß an seinem Wiederaufkommen gezweifelt werden müsse, und der in Form einer drahtlosen Depesche abgedruckte Leitartikel schließt mit den Worten: »Kommt Bülow Pascha unserm Kismet in dieser hochherzigen Weise entgegen, so wird ihm die Türkei einen Diwan voll Roßschweifen verleihen und ihm einen Ehrensäbel stiften, wie er krummer noch keinem Türkenfreunde überreicht worden ist. Und der dazu gehörige Turban soll durch die angebrachten Diamanten so schwer werden, daß er von dem beschenkten deutschen Staatsmann nicht selbst werde getragen werden können, sondern daß er genötigt sein wird, ihn von einem seiner vortragendsten Räte tragen zu lassen!«

Der Wunsch ist auch hier, wie jeder deutsche Leser im Handumdrehen einsehen wird, der Vater des Gedankens. Die Mutter ist die Furcht, daß die Türkei isoliert bleiben wird, während die Angst vor einem plötzlichen Überfall als Tante und die Aussicht auf weiteres Vorschreiten Rußlands als Schwiegermutter des erwähnten Vaters bezeichnet werden müssen. Wenn ich noch hinzusetze, daß die Ahnung einer schweren türkischen Katastrophe als die Großmutter des Gedankens gelten könnte, so glaube ich trotzdem nicht, die Verwandtschaft desselben völlig erschöpft zu haben. Aber nicht nur Deutschland, sondern ganz Europa wird ruhig zuschauen und sich nicht in ein Abenteuer einlassen, welches schließlich allzu teuer werden könnte.

Strudelpeter.

Belgrad, den 10. September 1903.

W. Es fällt mir nicht in Morpheus' Armen ein, zu sagen, daß ein König ein Mensch wie jeder andere sei. Ein König ist ebensowenig ein Mensch wie jeder andere, wie jeder andere Mensch ein König ist wie jeder andere. Wenn mir dies jemand sagte, von dem ich wüßte, daß keinem seiner fünf Sinne der Blödsinn ist, so würde ich ihm den Holzweg, auf dem er sich augenscheinlich befindet, auf den Kopf zusagen. Wenn ich also den König von Serbien, – denn von diesem Peter will ich sprechen, – einen Strudelpeter nannte, so tat ich dies in der bonasten fide, die sich denken läßt. Denn sonst könnte ich einen König nicht Strudelpeter nennen, wie ich etwa einen Herrn Lehmann einen Strudellehmann nennen würde. Ein König bleibt ein König, und säße er wie Peter der Erste auf nichts anderem, als auf dem serbischen Thron, so bleibt er immer Peter der Erste, einerlei, ob er eines schönen Tages der dritte beim Skat, der Zehnte, der dieses oder jenes nicht vertragen kann, der dreizehnte am Tisch, der vierte in einem Sextett, der letzte, den die Hunde beißen, wäre. Trotzdem hänge ich an seinen Namen ein Epitheton, dessen Ornans nichts zu wünschen übrig läßt, zugleich aber auch den Kopf des Nagels mit der Sicherheit eines tüchtigen Porträtmalers trifft. Ich nenne den König von Serbien Strudelpeter, und das ist er auch.

Peter hat sich in den Strudel gestürzt. Wer denkt da nicht an den Taucher Schillers? Jeder, der die herrliche Ballade auch nur oberflächlich kennt und sich mit dem herrlichen Jüngling wenigstens im Geiste und allerdings nur in diesem in das Geheul der Charybde – so nennt sich der bewährte Strudel – gestürzt hat. Der König, dessen Namen nicht genannt wird und genannt zu werden auch nicht verdient, hat einen goldenen Becher in das erwähnte Geheul geworfen. Er will ihn wieder haben. Man muß ihn fragen: »Weshalb haben ihn Eure Majestät dann hineingeworfen?« Die Frage ist berechtigt. Wenn ein Karlsbader Kurgast seinen Becher in die Tepl wirft, dessen Wellen sich an ihren Bettmauern der Kolonnadenpromenade – verzeihen Sie das harte Wort! – brechen, und dazu ausriefe: »Wer mir den Becher kann wieder zeigen, er mag ihn behalten, er ist sein eigen!« so würde ihn jeder Zuschauer für verrückt halten, selbst wenn dieser Becher bei der kleinen Katharina Roll gekauft wäre und meinen goldenen Namen eingebrannt trüge. Aber die Könige vergangener Jahrhunderte, namentlich die Schillerschen, erlaubten sich solchen Zeitvertreib, so der andere Schillersche König Polykrates, der seinen Ring in die Flut warf. Man muß es unseren Königen zum Lobe nachsagen, daß sie Becher und Ringe besser als zu Balladenspäßen verwenden, denn das würde nur der Sozialdemokratie Nutzen bringen, da das betreffende Wasser Wasser auf deren Mühle wäre.

Wie nun der Taucher sich in den Strudel stürzte, so der König Peter. Mir fällt dabei der Schlemihl ein. Peter konnte so angenehm leben. Schon daß er aus Serbien verbannt gewesen ist, war ein ganz besonderer Glücksfall. Wen Gott lieb hat, den verschont er mit dem serbischen Thron, und wenn mir dieser Thron wie ein Mühlrad im Kopf herumgeht, so freue ich mich immer darüber, daß der liebe Gott mir die Beine versagt hat, mit denen Peter den serbischen Thron bestiegen hat. Um auf dem serbischen Thron sitzen zu können, braucht man nicht nur Population, sondern auch eine dicke Haut, an der all das Greuliche abprallt, welches dieser Würde anhaftet. Das hat Peter nicht bedacht. Er dachte sich nur, es sei doch hübsch, nach dem Aufstehen in den Purpur zu schlüpfen, die Zügel der Regierung zu ergreifen, nach Belieben im Konak herumzuherrschen, Günstlinge zur Tafel zu ziehen, nach Tisch ein Stündchen zu geruhen und dann wieder die Krone aufzusetzen und irgend einer von drei Venussen den Reichsapfel zu reichen. So stürzte er sich denn mit einem unüberlegten Salto, der nicht frei vom Mortale war, in den Strudel. Was vorangegangen war, das schien er vergessen zu haben. Er hatte in der zweiten Hälfte des Juni vergessen, daß ein elfter Juni vorangegangen war! Wer aber am zwölften Juni nicht weiß, daß ein elfter vorangegangen ist, hat sich die Folgen, auch wenn er König ist, selbst zuzuschreiben. Und nun kommt wie alles, was weiblichen Geschlechts ist, auch die Reue zu spät. Ich kenne die Haut Peters nicht, aber ich möchte nicht in ihr stecken, wenn er sie zu Markte tragen wird.

Die Mörder des stehenden Heeres waren von Peter nicht nur nicht bestraft, sondern auch mit allerlei Gunstbezeugungen belohnt worden, obschon das Blut, mit welchem die Mörder den Thron gebläut hatten, nach der gesetzlichen Sühne rief. Die Nichtmörder des stehenden Heeres aber hatten nicht Lust, mit Mördern zu dienen. Bravo! Wenn eine Köchin einen Mord begangen hat und wird von der Herrschaft obendrein dafür belohnt, so wird das Kindermädchen nicht mit ihr dienen wollen. Ich nehme an, daß Wagner nie erfahren hat, daß Faust den Soldaten Valentin ermordete, sonst ist es unbegreiflich, daß er in dessen Dienst trocken weiter schlich. Nur ein Wicht wie Leporello konnte noch ferner bei Don Juan keine Ruh bei Tag und Nacht haben, nachdem der Comthur von diesem leichtsinnigen Bariton ermordet worden war. Mit einem notorischen Mörder tanzt kein noch so tanzlustiges Mädchen, stößt kein noch so trinkfester Bürger an. Wenn ich erführe, daß ein Mitarbeiter dieses Blattes, um diesem eine sensationelle Notiz zu bringen, einen geheimnisvollen Mord begangen und dafür von der Redaktion eine Gehaltserhöhung erhalten hätte, so würde ich augenblicklich meine Feder an den Nagel hängen und keine andere Zeile mehr für dieses Blatt schreiben, als die Zeile der sofortigen Kündigung. Wenn es Sitte wird, daß die Mörder belohnt werden, mit welchen Reichtümern und Ehren müßte dann der Staat die Hebammen auszeichnen? Ich verzichte auf jede Antwort, auch wenn sie nicht beleidigend ausfiele.

Peter mag der Erste heißen, aber er ist dies gewiß nicht, der nicht an den Folgen einer bösen Tat zugrunde ginge. Denn die böse Tat, davon bin ich überzeugt, ist mit dem Fluch behaftet, daß sie fortzeugend immer Böses gebären muß. Immer gebären müssen, das ist schon schrecklich, immer, ohne Pause, ohne Station, fortwährend, aber das Schrecklichste ist doch das Gebären ohne Punktum, ja ohne Komma.

Furchtbar erheben die Gorgonen, Medusa voran, ihr geflügelt gewordenes Haupt, erschütternd tönt der Gesang der Erinnyen, schaudernd sieht man die Kraniche den Himmel verfinstern, und man sieht fast schon den Fuß, auf dem die Strafe dem Verbrechen endlich folgen wird.

Die Hauptstadt befindet sich in großer Erregung.

Es finden Kundgebungen statt. Man wirft Scheiben ein. Man wird auseinandergetrieben. Das sind Aufläufe, welche die Mörder in

Szene gesetzt haben, um den König zu veranlassen, ihren Gegnern entgegenzutreten.

Und das kam plötzlich. Als vor einigen Tagen in meinem Zimmer eine scheußliche Luft war, klingelte ich zehnmal. Das ist nötig, wenn der Hausknecht kommen soll. Zufällig kam er. Ich beklagte mich bitter. »Das freut mich,« rief er aus. »Endlich wird die Mordnacht gerochen!« und war mit jubelndem Hurra wieder draußen.

Die Offiziere, welche verlangen, daß die Mörder aus dem Heere derart gestoßen werden, daß sie direkt ins Zuchthaus fliegen, sitzen noch im Gefängnis. Das ist echt serbisch! Man denke sich, es geschähe in einer anderen europäischen Stadt ein Mord, und man sperrte nun alle ein, welche eine Bestrafung der Mörder verlangten. Nicht hundert Menschen, und dies wären die Gefängnisbeamten, würden frei bleiben.

Die Verschwörer haben eine Schreckensherrschaft errichtet. Sie bedrohen jeden mit dem Tode, der sich für die Bestrafung der Mörder erklärt, so z. B. den Chef der Preßabteilung im Ministerium des Äußeren, Petrowitsch, der denn auch, da der Minister ihn nicht entlassen wollte, durchbrannte, um sein Leben vor dem sicheren Tode zu retten. Dauert dies so fort, so wird Belgrad bald nur von den Mördern und ihren Anhängern bewohnt sein. Unter den Anhängern sind diejenigen zu verstehen, welche ihre Gegner überfallen und an den nächsten Baum hängen. Eine angenehme Bevölkerung einer Hauptstadt!

Aber so weit wird es nicht kommen. Die Opposition wird sich nicht mehr unterdrücken lassen. Tritt Peter nicht auf ihre Seite, so wird er fortgejagt werden.

Nemo ante portas beatus! sagte der sterbende Toggenburg. Peter wird klug sein und nachgeben. Nachgeben ist seliger als Reißaus nehmen, wird er schließlich denken. Er wäre ein Tor, wenn er die Mörder schützte.

Allerdings haben diese ihm den Thron verschafft. Aber ist dies nicht schon ein Grund, ihnen böse zu sein? Ich kann nur behaupten: Der serbische Thron ist eines der kleinen Geschenke, durch welche die Danaer die Feindschaft erhalten.

Wir werden ja sehen!

Die Türkei lehnt ab!

Konstantinopel, den 7. November 1903.

W. Es ist nicht das erste Mal, daß ich in die Metropole des kranken Mannsstaates geeilt bin, um den Schatten nahe zu sein, welche zu nichts weiter dienen, als den künftigen Ereignissen vorausgeworfen zu werden. So betrachtet, ist die Türkei im eigentlichen Sinne das Schattenreich, denn ich kenne keinen anderen Staat, in welchem so viele Schatten vorausgeworfen werden, wie eben die Türkei. Fortwährend bildet dieser Staat einen Zankapfel, welcher in das europäische Konzert hineingeworfen wird, wie das Erisobst, dem wir den trojanischen Krieg verdanken, einst unter die nichtsahnenden Hochzeitsgäste, unter welchen sich Hera, Athene und Aphrodite befanden. Meist kommt ja der Frieden mit heiler Haut davon, aber immer muß ich doch an das Pulverfaß denken, dem ein einziger Funken den Boden ausschlagen kann, um dann ganz Europa mit in den Abgrund zu reißen, wenn es in die Luft fliegt.

Ich bin diesmal im »Muselhof« abgestiegen, in einem Hotel, das, hart am Bosporus liegend, mir als alttürkisches besonders empfohlen worden war. Alles ist noch türkisch. Die Zimmerkellnerinnen kommen, wenn man zweimal elektrisch klingelt, nur tief verschleiert zu den Fremden und halten so fest an den alten Gebräuchen, daß sie ihr Antlitz nur zeigen, wenn man ihnen einen guten Bakhschisch gibt. Bakhschisch ist Trinkgeld, obschon den Türken der Wein strenge verboten ist, und man weiß also nicht recht, was sie mit dem Trinkgeld machen. Der Wirt ist ein Vielweibereitreiber, der dreimal unglücklich verheiratet ist. Bis vor kurzem war er es viermal. Er ist infolgedessen stets übler Laune, haut die Gäste übers Ohr und wirft mit Koransprüchen um sich. Wie er mir sagte, stehen die Türken auf der Seite des Sultans, welcher sich dem Verlangen der Großmächte nach Reformen in Mazedonien nicht beugen, sondern es lieber darauf ankommen lassen will. Er soll neulich beim Barte des Propheten geschworen haben, doch einmal sehen zu wollen, wer hier Herr im Hause ist. So wäre also für Pessimisten das Schwärzeste zu sehen.

Man macht sich im allgemeinen von dem Sultan ein falsches Bild. Man hält ihn gewöhnlich für einen Mann, der sich vom Morgen bis zum Abend in seinem Harem aufhält, dort die Front seiner Frauen abschreitet und dann und wann einer besonders hübschen Favoritin, und wahrlich nicht nur zum Schneuzen, das Taschentuch zuwirft. Frühere Sultane mögen auf diese Weise ein Vermögen in Taschentüchern verschwendet haben, werden nichts als – verzeihen Sie das harte Wort! – Wachs in der Hand der Weiber gewesen sein und das Elend ihres vaterlosen Volkes als unabänderliches Kismet betrachtet haben. Sie ließen den Staat Staat sein, herrschten mehr zu ihrem Vergnügen als zum Vergnügen der Untertanen, und warfen die Steuern aus der hohen Pforte. Der jetzige Herrscher ist aber ein anderer Sultan. Er hat wahrscheinlich gleichfalls für das weibliche Geschlecht dann und wann ein Taschentuch übrig, und wehe dem Eunuchen, der es wagte, einer der besseren Hälften des Sultans den Gefallen zu tun, dem Geliebten derselben einen Selam zuzustecken, er würde diesen Liebesdienst mit einem Kopf kürzer bereuen. Ein Herrscher ist eben auf diesem Gebiete ein Mann wie jeder andere. Aber der jetzige Sultan regiert wirklich, er betrachtet den Diwan nicht als Sofa, welches nur gut zum allergnädigsten Geruhen ist, und als nun Österreich-Ungarn und Rußland ihn zu Reformen zwingen zu wollen unternahmen, da stellte er sich auf seine nach türkischer Sitte unterschlagen gewesene Hinterbeine und lehnte ab. Als er die letzte Note der Großmächte gelesen hatte, soll er mit Shakespeare gesagt haben: »Die Note bringt einen zu seltsamen Schlafgesellen,« mit denen er die Balkanstaaten, namentlich Mazedonien gemeint haben mag.

Hier möchte ich einschalten, daß die Mazedonier, wie dies von Graf Pückler, von den wie Mazze lautenden zwei ersten Silben verleitet, behauptet werden könnte, nicht etwa Juden sind. Der genannte Herr könnte von seinem Irrtum veranlaßt werden, die Großmächte abzuhalten, etwas für Mazedonien zu tun. Dies muß verhindert werden. Auch die historische Tatsache, daß die beiden unsterblichsten Könige Mazedoniens Philipp und Alexander hießen, wird hoffentlich den leider ungelehrten Grafen Pückler nicht hinreißen, die Mazedonier für Juden zu erklären.

Das Verlangen der Ententemächte nach Reformen hat allerdings auf die Türken schrecklich gewirkt. Wie als setzte man einem Stier Rotwein vor, so begannen sie zu brüllen, das sei unerhört. Vor dem Wort Reform bemohamedet sich der Türke dreimal, da es ihm seine

Religion verbietet, sich zu bekreuzen. Man kann eher mit einer Maus von der Katze sprechen, ohne die Maus nervös zu machen, als einem Türken von Reform. Die Reform ist ihm der leibhaftigste Allahseibeiuns. Statt Pfui Spinne! sagt er Pfui Reform! »Die Reform soll dich holen!« ruft er im Zorn. Wenn er schelten will: Unter aller Kanone, so schilt er: Unter aller Reform, oder er murmelt: Hohngelächter der Reform. Die Reform ist ihm die Hölle, und er möchte wahrscheinlich lieber in der Hölle als in der Reform braten.

Das ist der in die Augen springende punctum saliens, um den sich alles dreht, was jetzt in der Türkei vorgeht: die Furcht vor der Reform, vor dem Fortschritt, vor dem Neuen. Wenn der Türke sich einen Rausch antrinken dürfte, so würde er es schon aus Furcht vor dem neuen Hering nicht tun. Er hat nichts gegen den Nervenschmerz, aber die Neuralgie ist ihm verhaßt. Niemals ist er zu bewegen, nach New York oder nach Neuholland zu reisen, oder sich zur Kur nach Neuenahr zu begeben. In seiner Wirtschaft findet man nichts aus Neusilber. Ja, er freut sich nicht, Vater eines Kindes zu sein, weil es ein Neutrum ist. Die Türken kennen das Schillersche Wort nicht, daß das Alte stirbt, alle Tempora einen Tag des Mutantur erlebt und aus den Ruinen neues Leben erblüht. Wenn sie den Tell geben würden, gewiß würden sie diese Worte streichen. Es war ewig das Unglück der Türken, daß sie treu am Alten hingen wie der Tropfen am Eimer, das Damoklesschwert am Pferdehaar, und daß sie auch am Alten hängen bleiben, wie von einer Verleumdung immer etwas. Genau wie sie in der Vorzeit waren, so sind sie in der Nachzeit geblieben. Turban und elektrische Bahn sind tausende Meilen von einander getrennt. Die Türken, welche heute in den Straßen Stambuls spazieren gehen, sind genau dieselben, welche in Nathan dem Weisen auftreten und deren Glieder Pfeffel in seiner Tabakspfeife wie Grummet mähen läßt. Es hat sich nichts verändert. Wie mit Blindheit geschlagen, verschließen sie ihr Auge vor der Tatsache, daß die Zeit eine andere geworden ist, und daß, wer stillsteht, von der Sonne des Fortschritts beiseite gestoßen wird.

Die Stadt ist in großer Aufregung. Vor dem Jildis-Kiosk, dem Palast des Sultans, stehen die hellsten Haufen, die Konstantinopel auftreiben kann, und warten, bis der Herrscher sich ihnen zeigt. Dann will der Salemaleikummer kein Ende nehmen. »Nicht nachgeben!« schreien sie dann wild durcheinander, und der Gesang des

Nationalliedes »Die Wacht am Horn« (es ist das goldene Horn gemeint) erschüttert die Luft. Der Sultan verneigt sich zum Zeichen, daß es ihm verboten ist, den Fez zu lüften. In allen Moscheen findet Mahomeddienst statt und werden aus dem Koran unzählige Suren vorgetragen. Es sind aber namentlich die Frauen, welche nichts von Reformen wissen wollen. Das ist ja auch ganz begreiflich. Wenn reformiert wird, läuft die Vielweiberei Gefahr, in die Einweiberei verwandelt zu werden. Die Favoritinnen hören aus den sechs Buchstaben des Wortes Reform den Serail in allen Fugen krachen. Wovon sollen diese verwöhnten Frauen dann existieren? Sie haben nichts oder noch weniger gelernt und könnten kaum Romane schreiben, wie dies in anderen Ländern die Schriftleiter bildet, um auf einen grünen Nahrungszweig zu gelangen. Reißt die Monogamie ein, so ist es mit der Herrlichkeit des Haremlebens vorbei, welche darin bestand, daß diese Frauen nichts anderes zu tun hatten, als ihre Hände in den Schoß zu legen, sich sonst aber mit keiner Handarbeit zu beschäftigen, nur sich zu schmücken, bis es ihrem Muselchen einfiel, sie aufzusuchen und einige Züge aus der Wasserpfeife (sprich Nargileh) zu tun. Werden die Harems geschlossen, dann müssen sie statt in der Schminke ihres Angesichts im Schweiße desselben ihr Brot essen, wenn sie nicht auf den Frauenmärkten zu Schleuderpreisen als Sklavinnen mandelweis verkauft werden wollen. In der ersten Zeit wenigstens wird man ein türkisches Mädchen, das nicht mehr ganz jung ist und schon längere Zeit lagerte, halb umsonst haben können. Wer die Macht der Frauen kennt, wird also überzeugt sein, daß sie einen starken Einfluß auf die Frage ausüben werden: Reformen oder nicht? Die Türkei wird also die Großmächte einfach abweisen.

»Was aber dann, mein lieber Bey?« fragte ich heute einen hochstehenden Staatsbeamten, der genau so viele Roßschweife wie ein Vierspänner hat.

Er lächelte. »Die Mächte,« sagte er dann, »werden dem lieben Allah danken, wenn sie einen Rückzug besteigen können, um einem Krieg auszuweichen. Ich wette zehn echte türkische Teppiche gegen eine einzige türkische Bohne und ich will Rosenöl heißen und nichts als Wein trinken, wenn ich mich täusche. Der Janustempel ist leicht geöffnet, und es ist leicht gesagt: Für'n Sechser Mars! aber es kommt doch auf die Nummer an, wie es darauf ankommt, ob die Tür des

Janustempels auch wieder geschlossen werden kann. Man kann die Würfel fallen lassen, als wären es Bettfedern, aber ob sie aufzuheben sind wie ein Abonnement, eine Sitzung oder ein Rest Sauerkohl, das ist doch die Frage. Nein, verehrter Giaur, die Großmächte werden sich den Krieg noch überschlafen.«

Er legte den Zeigefinger der rechten Hand an den Turban und ging. Was er gesagt hatte, leuchtete mir ein und aus. So düster die Wolken auch aussehen mögen und so sehr das Gewitter auch in interessanten Umständen sein mag, bis zum Krieg ist noch ein Siebenmeilenschritt. Hoffen wir's.

Drei Sensationen.

Die Einigung der Tschechen

steht in der österreichischen Geschichte der jüngsten Wochen obenan.

Längst sind die Tschechen von dem Gedanken beseelt, das erste Volk Europas zu werden. Dies hohe Ziel zu erreichen, schonten sie keinen von einem Deutschen getragenen Hut, den sie denn auch unbarmherzig angetrieben haben. Nur den einen Hut, unter welchen alle Tschechen gebracht werden sollten, vermochten sie nicht zu finden. Die böhmischen Hutmacher waren allerdings mit diesen Einheitsbestrebungen einverstanden, denn der Boden ihres Handwerks wurde dadurch ein dauernd goldener, indem die Deutschen sich neue Hüte anzuschaffen, oder die alten aufbügeln zu lassen gezwungen wurden, da die Regierung sich nicht in der Lage befand, sie sicher zu behüten. Damit aber konnte sich der Kampf um die Nationalität nicht zufrieden erklären. Auch wenn sich die Deutschen, ohne sich zu wehren, von ihnen – verzeihen Sie das harte Wort! – windelweich prügeln ließen, war aus Böhmen nicht der erste europäische Staat zu machen, selbst wenn die Tschechen so viel Schwein gehabt hätten, als einzelne Prager Schinken nach außerhalb verschickt wurden. Der Grund wurde endlich entdeckt:

Die Tschechen waren gespalten wie die Klauen gewisser Tiere, wie die Petitzeilen der Inserate, wie das Feuerungsholz. Das böhmische Volk zerfiel in viele Parteien, von denen hauptsächlich folgende zu nennen sind: Die Alttschechen, die Jungtschechen, die Wildtschechen, die Zahmtschechen, die Knüppeltschechen, die Schreitschechen, die Stummtschechen, die Großtschechen, die Kleintschechen, die Nordtschechen, die Südtschechen, die Zentrumstschechen, die Talmitschechen, die Wald- und Wiesentschechen, die Kneipentschechen, die Übertschechen, die Schontschechen, die Nochtschechen, die kaisertreuen Republiktschechen, die Geheimtschechen, die Frankotschechen und die Radautschechen. Wie konnten so viele Parteien etwas erreichen! Wenn die eine Partei rechts wollte, so wollte die andere links. Die eine hatte keinen Kopf, mit dem sie durch die Wand rennen konnte, die andere nur den Kopf, aber keine Wand, die dritte weder Kopf, noch Wand. Die eine Partei wollte sich immer auf die Hinterbeine der anderen stellen und diese wieder den Mund jener Partei vollnehmen. So beschlossen sie denn endlich, sich zu vereinigen, und zur Erreichung des gemeinsamen Zieles anstreben:

Änderung des ersten Verses der Bibel in: Im Anfang schuf Gott Himmel und Böhmen.

Endliche Feststellung der Tatsache, daß Adam ein Tscheche und Kain ein Wiener gewesen ist.

Eröffnung einer zweiten tschechischen Universität in Mähren, um mehr deutsche Studenten, die von den tschechischen Kommilitonen mißhandelt werden können, anzulocken.

Errichtung einer Fabrik von Löffeln, mit denen die Tschechen die Weisheit fressen.

Schließung der Kegelbahnen, auf welchen nicht mit Globussen von Böhmen geschoben wird.

Verbot des Aufenthalts nichttschechischer Störche auf böhmischem Boden.

Verbot der Übersetzung der Werke Homers, Goethes, Schillers, Shakespeares, Kants und Molières aus dem tschechischen Original in fremde Sprachen.

Versuch, den Namen Böhmen in Hußland umzuändern.

Agitation, das Deutsche Reich zu zwingen, das Elsaß an unsere Freunde, die Franzosen, zurückzugeben.

Erhebung der tschechischen Sprache zur Weltsprache.

Einführung der halbjährigen Dienstzeit.

Umwandlung des Deutschen Theaters in Prag in ein Asyl für Obdachlose.

Abschaffung der Aeolsharfen, bis es ihnen gelingt, tschechisch zu tönen.

Erhebung Wiens zu einem Vorort der Residenz- und Weltstadt Prag.

Absetzung des »Don Juan« von Mozart von den Repertoiren der böhmischen Theater, bis es gelungen sein wird, nachzuweisen, daß »Don Juan« und Mozart tschechischer Abkunft sind.

Proklamierung eines Staatspreises für die Erfindung, das Himmelsblau in die böhmischen Landesfarben zu verwandeln.

Die große Partei verspricht sich von der Erfüllung ihres bescheidenen Programms eine endliche Lösung der tschechischen Frage und wird dann weitere Forderungen stellen.

*

Das untergeschobene Kind.

Wenn mein ästhetisches Gefühl Hände und Füße hätte, so würde es sich mit Beiden gegen das Wort *unterschieben* sträuben. Es wird ihm schier unmöglich, Kind und Unterschiebung zu reimen. Kind ist etwas Niedliches, Reizendes, und wenn es auch gleichzeitig etwas Unsauberes bedeuten kann, so vergessen wir das gern wie Schiller, als er den Vers schrieb: »Dies Kind, kein Engel ist so rein.« Man nennt das Kind Himmelssegen, eine Frau beschenkt damit ihren Gatten, und der Gatte ist davon so entzückt, daß er anzeigt, er sei überrascht worden, was ja nicht die einzige Unwahrheit ist, welche wir in den Zeitungen lesen, aber jedenfalls eine der entenhaftesten und aus den Fingern gesogensten Unwahrheiten, die man aus der Luft greifen kann. Doch dies nur nebenbei. Unterschieben ist eben ein schreckliches Wort für ein triviale Tätigkeit. Man schiebt unlautere Motive unter, man schiebt einen Schemel unter die Füße, man schiebt eine Kugel unter die Kegel. Aber ein Kind unterschieben heißt den Storch zwingen, seinen Beruf zu verfehlen.

Freilich, von Zeit zu Zeit wird denn doch ein Kind untergeschoben. Wir haben im Moabiter Gerichtssaal eine Gräfin gesehen, welche angeklagt war, von dem Sohn einer Weichenstellersfrau genesen zu sein, ihn in einem Gummikissen unter dem Herzen getragen zu haben.

Ist dies möglich? ruft alle Welt. Kann eine Frau derartig in uninteressanten Umständen sein, daß sie sich gezwungen oder veranlaßt sieht, von ihnen auf dem Wege des Vergehens entbunden zu werden?

Ja, es ist möglich. In Moabit sahen wir eine Mutter, welche verdächtig ist, es nicht zu sein, wir sahen eine Sohn, von dem der Staatsanwalt behauptet, er habe ausnahmsweise zwei Mütter, deren eine ihn von der anderen bekommen hat. Er will dies der Gräfin Kwilecka beweisen. Er meint, sie habe einen Sohn gebraucht, und da sie dem längstgefühlten Bedürfnis endlich abhelfen wollte, habe sie ihn gewissermaßen außer dem Hause gebären lassen, und dies sei strafbar.

Es wird jedem leid tun, wenn es der Gräfin nicht gelingen sollte, nachzuweisen, daß der kleine Meyer ihr eigener Sohn sei, denn der kleine Meyer war nun schon jahrelang blaublütig, und es wäre doch traurig, wenn er plötzlich wieder rotes Blut durch seine Adern rollen fühlen müßte. Er müßte dann seufzen: Heute blau, morgen rot, und dies in der Bude eines – verzeihen Sie das harte Wort! – Weichenstellers, die ihm nicht an der Wiege vorgesungen worden ist. Schon aus diesem Grunde, nur wegen des unschuldigen Kindes, sollten die Mütter jedes andersmütterige Kind erst zehnmal in der Hand herumdrehen, bevor sie es unterschieben!

*

Aus einer kleinen Residenz.

So lautete der Titel eines Dramas, welches im Buchhandel erschienen ist und ein arges Aufsehen machte. In diesem Stück wurde das Leben und Treiben in den besten Kreisen der kleinen Residenz geschildert und zwar so, daß jeder Leser imstande war, die Personen, welche die Hauptrolle des Dramas spielten, zu erkennen und namhaft zu machen. Ihre Namen waren natürlich bis zur Unkenntlichkeit geändert. Den Inhalt des Dramas will ich kurz und gut zu erzählen suchen.

Der Held der Erzählung ist ein Major v. Greul, der von den Soldaten natürlich verlangte, daß sie prompt ihren Dienst versehen und nicht abends, wie Schiller singt, das Schönste auf den Fluren suchen und dadurch viel Unglück über die armen Köchinnen bringen. Er selbst freilich war einer der denkbar schwersten Nöter des Bataillons. So hatte er mit der Tochter eines Musiklehrers Lehmann angebandelt, in dessen Haus er kam, um Flöte zu lernen. Daß er dem armen Mädchen, das Karoline hieß, mehr ins Ohr flötete als dem

Vater, ist wohl selbstverständlich, und jeder, dem es auffällt, daß er nicht bei dem Kapellmeister der Regimentsmusik Unterricht nahm, um nie auch nur das ABC der Flöte zu lernen, wird es begreifen, wenn er erfährt, daß der Kapellmeister nur einen Sohn hatte. Bei solchen Leuten nimmt ja kein Offizier Unterricht! Unser Major dachte natürlich nicht daran, die Kleine zu heiraten, dazu war sie denn doch zu ahnenlos, und da er bald ihrer über- und überdrüssig war, so war auch leicht ein Vorwand gefunden, die Trennung herbeizuführen. Er erklärte ihr, alles zu wissen, sie habe die Treue – verzeihen Sie das harte Wort! – gebrochen, und sie starb auch einige Zeit später. Jetzt verbreitete sich das Gerücht, sie sei vergiftet. Dies war dem Schändlichen wohl zuzutrauen, denn man kennt seinen Vater, der Regierungspräsident und Mörder war und seinen Sohn hatte zwingen wollen, die Maitresse des Fürsten, eine geborene Sade, zu heiraten. Auch einige andere in diesem Drama erscheinende Personen sind Gemütsmenschen. Ich nenne nur einen Hofmarschall v. Fohlen, einen Dummkopf erster Klasse, und einen Sekretär des Regierungspräsidenten, der unter den Namen Band auftritt und als Mitschuldiger seines Herrn bezeichnet ist.

Das Schlimmste aber geschah nun. Kaum waren die ersten Exemplare des Dramas verkauft, so wurde der Autor verhaftet und die Untersuchung wegen Beleidigung, Verleumdung und Verbreitung falscher Tatsachen gegen ihn eröffnet. Ein Skandalprozeß kritischster Ordnung steht bevor. Die in dem Drama auftretenden Personen werden als Zeugen vorgefordert, um Beweise dafür zu bringen, daß nur sie gemeint sein können. Es sind dies die Herren Präsident von Walter, Hofmarschall von Kalb und Sekretär Wurm.

Wenn ihnen nicht jeder gönnte, daß sie endlich den Lohn ihrer Missetaten empfangen, so würde man sie wegen des bösen Dienstes bedauern, den ihnen der Staatsanwalt mit der Erhebung der Anklage erwiesen.

England und Tibet.

Herrn Wippchen in Bernau.

Sie können sich denken, daß wir durch Ihr gestriges Manuskript sehr erfreut worden sind, weil es uns eine Reihe von interessanten Kriegsberichten erhoffen ließ. Zugleich aber bemerkten wir mit Bedauern, daß Sie zu rasch mit beiden Füßen in die blutigste Aktion hineinsprangen. Dadurch hat unsere Freude einigen Abbruch erlitten. Was sollen unsere Leser davon denken, daß wir ihnen plötzlich einen Krieg liefern, von dem bisher nur als von einem möglichen gesprochen worden ist? Wir bewundern Ihren Mut, mit welchem Sie nun die Engländer mit den Tibetern zusammenstoßen und diese zurücktreiben lassen, während die Russen heranrücken, um England die Beute zu entreißen. Sehen Sie denn nicht ein, daß Sie damit den ersten Spatenstich zu einem Weltkriege tun? Auf ein solches Abenteuer können wir uns nicht einlassen, jedenfalls wollen wir doch abwarten, wie sich der vorhandene Konflikt entwickelt, zugleich Sie aber um einen anderen Bericht bitten.

Ergebenst

Die Redaktion.

*

Bernau, den 17. November 1903.

W. Ihr ohne sein Verschulden sprichwörtlich gewordenes Bedenken gegenüber meinen Berichten fängt wie der Knabe Don Karl an, mir fürchterlich zu werden, so wenig in meinem Staat die Sonne nicht untergeht. Ich bin aber auch bei der vorliegenden Gelegenheit an diesem Bedenken unschuldig, wie etwa ein Gummikissen an einem Familienzuwachs, und das will doch etwas heißen! Sie müssen nicht bei jedem Bericht, welchen ich Ihnen sende, die Empfindung haben, daß ich Ihre Zeitung für ein Journal halte, welches »Lügende Blätter« heißt. Ein für alle Mal: Wenn ich an meinem Schreibtisch meine journalistische Pflicht erfülle, walke ich keinen Cake und denke ich nicht daran, einen Fise zu matenten, dazu habe ich denn doch meine Anfängerschuhe bereits zu sehr vertreten. Ich bin ein ernster Mann, und der Tag soll noch beginnen, in welchen ich hineinschreibe. In diesem Punkt bin ich wie – verzeihen Sie das harte Wort! – ein rohes Ei zu behandeln. Wenn Sie mir aber auf den Kopf zusagen, daß ich ein Sensationsbold sei, so heißt dies auf mich armen Pelion einen vollen Ossa stülpen. Schlagen Sie in einem Ihrer Brockhäuser einmal dieses Gebirge auf, und Sie werden meinen Unmut begreifen. Haben Sie denn den englisch-transvaalschen Krieg nicht erlebt? Doch! Der Stuhl ist ja noch warm, welcher den Eingesessenen vor die Tür gestellt worden ist. Die Welt verstand den Krieg nicht, so eindringlich England ihn erklärte. Ich habe damals gleich den Daumen geschildert, welchen England den Buren auf das Auge drücken würde, und Ihren Lesern alles vom Schilde vorgelesen, was die Engländer in demselben führen. Glauben Sie, daß die Engländer die Tibeter anders behandeln werden, als sie die Buren behandelt haben? Wenn ja, so ist der Weg, auf dem Sie sich befinden, noch hölzerner als der Tisch, an dem ich sitze, und als der Federhalter, mit dem ich dies tue. Wenn Ihr geschätzter Papierkorb jetzt die Vergessenheit bildet, in welche mein Artikel gerät, so ist mir dies ein Beweis dafür, daß Sie aus dem Burenkrieg vielleicht viel gelernt, aber alles wieder, wie nach einem Diner alle Gänge, vergessen haben.

Dem sei nun, wie ich will, es fällt mir nicht ein, Ihren tauben Ohren eine Reihe von Gardinen zu predigen und Sie zu bitten, mir ferner nicht die Zeit zu kleptomanieren, welche ich auf das Schreiben eines Berichts verwendete. Auch sollen Sie sehen, daß es mir nicht einfällt, einzig und allein die Hinterbeine, auf die ich mich stellen könnte, reden zu lassen. Im Gegenteil binde ich meinen Bericht an eines der besagten Beine und sende Ihnen einen neuen Bericht. Mit der Zeit, das sehen Sie wohl ein, werde ich mild und nachgiebig. Ach, wenn die Zeit doch Geld wäre! Ach, sie ist es nicht. Ich habe wenig Zeit, aber noch weniger Geld. Seien Sie also ein umgekehrter Jago und tun Sie Geld in meinen Beutel, den ich mir eigens zu diesem Zweck angeschafft habe. Senden Sie mir einen Vorschuß von 40 Mark, und wenn Ihnen das nicht nennenswert genug erscheint, so will ich dem Geldbriefträger auch darin entgegenkommen, daß ich ihm eine Quittung über 60 Mark gebe, wenn Sie sie eingezahlt haben werden. Die Ihnen verursachte Mühe wird ja dadurch nicht wesentlich größer.

*

Kaschmir, den 15. November 1905.

W. So bin ich denn nach einer beschwerlichen Fahrt in dieser Stadt eingetroffen, in welcher die in der Damenwelt so hochgeschätzten Shawls das Licht der Welt erblicken. Es ist merkwürdig, daß Kaschmir durch einen Stoff berühmt ist, wie das Land Tibet, welches von dem kammwollenen Zeug den Namen hat, und noch viel merkwürdiger ist es, daß das ganze Tibet nicht ebenso durch seine Vielmännerei bei den Frauen bekannt ist. Oder vielleicht so bekannt, aber nicht so beliebt. Ich bedaure dies, weil es ein schlechtes Licht auf unsere Männer wirft, deren einer schon unseren Frauen zu genügen, oder gar schon mehr als zu genügen scheint. Allerdings herrscht in Tibet die Vielmännerei nur unter Brüdern. Es gibt Tibeterinnen, welche mit einem Mann und sechs Brüdern desselben eine Ehe eingehen, während viele unserer Frauen schon ungern daran denken, daß sie einen Schwager haben, vor dem sie sich in acht nehmen müssen, so daß sie ihn, wenn sie nicht müßten, nicht einladen würden, wenn sie Gäste bei sich sehen wollen. In früheren Zeiten hieß der Postillon Schwager. Vielleicht hat ihm eine Frau diesen Titel gegeben, um anzudeuten, daß sie, wenn sie mit ihrem Gatten und dessen Bruder reist, diesen am liebsten auf dem Bock sitzen sähe.

Doch wohin führt mich meine Feder! Es sieht ernst in Tibet aus. Ich wohne im »Kleinen Himalaja«, dessen Wirt, ein orthodoxer Buddhist, mich nicht aufnehmen wollte, weil er mich für einen Engländer hielt, obwohl ich ihn französisch anredete, was er sehr gut spricht. Erst als ich ihm durch meine Papiere bewies, daß mein Storch in Deutschland gestanden habe, und ich ihm gesagt hatten daß ich ein Gegner Englands sei, bekam ich ein Zimmer, und er rief, mir die Hände drückend: »Dann sind wir Brüder«, und gab seiner Frau den Befehl, mich als einen ihrer Gatten zu betrachten. Indem sie mich nun betrachtete, sah ich, daß sie schon mit einem Fuß in der silbernen Hochzeit stehen mußte, wenn sie sich im zwanzigsten Jahre verheiratet hatte, und ich log dem Wirt also vor, ich sei bereits Gatte und Vater und müßte aus diesem Grunde auf die Freude verzichten, in seinen Familienkreis einzutreten. Ich erfuhr, beiläufig bemerkt, noch an demselben Abend vom Zimmerkellner, daß der

Wirt und seine Brüder die Absicht hatten, sich von ihrer Frau scheiden zu lassen, sie dann mir aufzuhalsen und hierauf eine hübsche Zwanzigjährige zu heiraten. So sind die Buddhisten, fromm und gut, und tun alles mögliche, eine treue Lebensgefährtin, deren sie überdrüssig sind, vor Not zu schützen: ein sehr sympathisches Volk!

Seit China die Großmächte so gereizt hat, daß sie sich genötigt sahen, sich weit über ihre Verhältnisse hinaus in Unkosten zu stürzen, ist das unermeßliche Reich das Ziel ihrer Wünsche geworden. Zuerst warf Rußland ein Auge auf China, nun England eines, und mit diesen zwei Augen sieht jetzt wohl China, daß es seinen Kragen nur hat, damit die Großmächte ihm an denselben gehen. Der Herrscher von Tibet, der Dalai-Lama, speit wie alle Lamas, aber Feuer und Flammen, denn er weiß, daß die Engländer langsam, aber sicher nahen. Die Engländer kennen jedoch seine Ohnmacht, und daß ihnen sein Speien nicht Schaden kann. Das Spucken ist nicht gefährlich, sondern nur unartig und widerlich. Sie lassen ihn also spucken und speien, und es tut ihnen nur leid, daß die Buren nicht auch bloß gespuckt haben, als sie von ihnen angegriffen wurden. Tibet wäre somit für China verloren, wenn England die Rechnung mit dem Wirt gemacht hätte. Aber England hat sie nicht nur ohne den Wirt, sondern ohne die Wirte gemacht. Diese Wirte sind die Großmächte, deren Eifersucht ihm Einhalt gebieten wird. Die Eifersucht wirkt Wunder. Wenn der schlafende Ulan ein Liebchen hat, so hindert ihn die Eifersucht am Weiterschlafen. Die Eifersucht reißt die Wurzeln der Hörner aus, die in der Stirn des Gatten keimen. Sie überzieht das Antlitz des Othello mit Leichenblässe. Und sie ist auch die Zuhälterin der Janustempeltür und schützt die Weltgeschichte vor einem Weltkrieg.

Morgen eile ich nach der Hauptstadt Tibets, Lhassa, auf welche die Engländer unterwegs sind, die von Youngjusband kommandiert werden. Aber schon rühren sich die Russen. Deutschland und Frankreich haben ganz gewiß nicht ihren Schoß, nur ihre Hände hineinzulegen, wenn eine Macht nach einem fetten Bissen langt. Auch bewaffnen sich die Tibeter bereits bis an die Zähne, welche diesen Bissen festzuhalten entschlossen sind. Die Buren waren ja auch große Beter, aber die Tibeter sind ebensowenig nur Gesundbeter. Die Ärzte warten schon, und so leicht wie in Transvaal wird den Engländern Tibet nicht werden. Das ist keine Frage. Ich hätte sonst wohl auch hinter das Wort »werden« ein Fragezeichen gesetzt.

Festgedanken.

Herrn Wippchen in Bernau.

Auf Ihre freundliche Anfrage, welcher Krieg uns angenehm sei, – Sie begleiten Ihre Anfrage mit einer Liste von Kriegen, unter denen wir aussuchen sollten, – teilen wir Ihnen mit, daß uns nicht nur keiner besonders gefallen hat, sondern daß wir uns auch entschlossen haben, in der Weihnachtswoche überhaupt keinen Kriegsbericht zu bringen, ganz abgesehen davon, daß Sie uns höchst rätselhafte Kriege anbieten, Kriege zwischen Staaten, denen es nicht im Traum einfällt, übereinander herzufallen. Auch Ihnen wird eine Pause angenehm sein, und so bitten wir Sie denn um einen Festartikel, wie er sich für die Weihnachtswoche besser eignen würde. Im kommenden Januar können Sie dann um so gestärkter zu Ihrem eigentlichen Fach zurückkehren.

Ergebenst

Die Redaktion.

*

Bernau, den 20. Dezember 1903.

Auch mir ist es sehr angenehm, mich in diesem Augenblick mit einem Festartikel beschäftigen zu können. Denn wenn mir auch der Kriegsmantel, der in Wallensteins Lager ein so beliebtes Garderobenstück bildet, eine ziemlich gute Monatsgage sichert, und wenn mir auch der Mantel der Monna Vanna lieber ist, auch wenn sie ihn nicht trägt, so stimme ich doch darin mit Ihnen überein, daß ein Kriegsbericht zum Weihnachtsfest paßt, wie die Pferde zum Automobil, der Sadismus zur Kotillontour, oder das Dynamit zum Nobelpreis. Ich bin von Natur ein friedlicher Charakter, und wer meiner Mutter, als sie meiner genesen war, prophezeit hätte, daß ich einst unter die Kriegsberichterstatter gehen würde, der wäre ganz gewiß wie ein Sperling aus der Wochenstube geflogen und hätte von Glück piepsen können, daß er mit heiler Spatzenhaut davongekommen sei. Als ich dann, eigentlich ein Feind von Visiten, die Schule besuchte, marschierte ich mit meinen Schulkameraden getrennt, schlug mich aber nicht mit ihnen vereint, im Gegenteil wich

ich zurück, wenn ich sah, daß die Feinde mit Hinterknüppeln und anderen bewährten Waffen versehen waren. Dies war eine Frucht strenger Erziehung. Mein Vater verstand Französisch besser als Spaß, und als ich das erste und einzige Mal als Sieger über eine Kompagnie Quintaner nach Hause kam und er sah, daß ich nicht mit blauer Jacke davongekommen war, behandelte er mich mit Überlegung über seine Knie und schlug mir einen Teil voll, ohne welchen selbst der zu lebenslänglichstem Kerker Verurteilte nicht sitzen könnte. Haben Sie mich verstanden? Ich meine einen Teil, dessen Hälfte in Oberitalien fließt und in das Adriatische Meer mündet. Oder richtiger: ohne welchen der bekannte mexikanische Vulkan nur Catépetl hieße, womit er sich allerdings völlig begnügen könnte. Begreifen Sie jetzt nicht, was ich meine, so kann ich dies nur loben. Mein friedlicher Sinn, den ich mit dem Nestleschen Kindermehl eingesogen habe, war es wohl auch, der mich veranlaßte, der Ehe – verzeihen Sie das harte Wort! – auszuweichen, denn ich fürchtete, daß es auch in meiner Ehe nicht an Streit fehlen würde. Ich verehre das weibliche Geschlecht, denn das Ewig-Weibliche zieht auch mich wahrlich nicht hinab, und dennoch habe ich mich keinem Standesbeamten in die Arme geworfen, sondern trat in den heiligen Junggesellenstand. »Hagestolz will ich den Spanier!« könnte König Philipp von Posa sagen. Aus allem Gesagten geht hervor, daß ich ein Mann des Friedens bin, wenn mich mein Beruf auch zwingt, Ströme Blutes fließen zu lassen. Daher muß ich Ihnen auch noch sagen: Sie schreiben, daß ich Ihnen Kriege zwischen Staaten anböte, denen es nicht im Traum einfiele, übereinander herzufallen. Ich schüttelte mich vor Lächeln, als ich das las. Denn in der Tat gibt es keinen Staat, der nicht mit Vergnügen über einen anderen herfallen möchte, und heute lieber als morgen. Ich kann zu Ihrem großen Bedauern hiervon nichts zurücknehmen.

Nun naht das holde Weihnachtsfest. Mit Wehmut gedenke ich der Tage meiner Jugend, da ich mich so auf das freute, was mir der Tannenbaum bringen würde. Er brachte mir nichts als unzählige grüne Nadeln, aber ich hatte mich doch gefreut und beklagte mich nicht, denn das litt mein Vater nicht. Er war ein herrlicher Mann, der ganz gewiß sparsam gewesen wäre, wenn er etwas gehabt hätte. Immer noch muß ich daran denken, wie zart er meine Wünsche zu befriedigen wußte, wenn er nicht in der Lage war, sie zu erfüllen.

Ich hatte mir einen Nußknacker gewünscht. Am Weihnachtsabend sah ich mich nach dieser Figur um, aber soweit schon damals mein Auge reichte, war kein Nußknacker zu entdecken. Als dies mein Vater sah, führte er mich an die Stubentür und sagte: »Hier, Du Schlingel, hast Du einen Nußknacker.« Dann gab er mir eine Nuß und fuhr fort: »Nun öffne ich die Tür, stecke die Nuß zwischen Tür und Angel und indem ich sie schließe, wird die Nuß geknackt.« Und so geschah es auch, und heute noch fällt mir diese freundliche Geschichte ein, wenn ich eine Tür sehe und keine Nuß habe.

Sie wird mir auch einfallen, wenn morgen oder übermorgen der Geldbriefträger meine Tür öffnet und mir 60 Mark Vorschuß bringt. Bitte, sorgen Sie dafür, daß er nicht mit leeren Händen komme. Es wäre ihm denn doch zu schmerzlich.

Nun wünsche ich Ihnen vergnügte Feiertage. Möge der Tannenbaum ein Füllhorn werden, von dessen Gaben überschüttet, Sie völlig verschwinden!

*

Zum Fest

Berlin, den 21. Dezember 1903.

W. Menschengewühl. Buntes Durcheinander. Obschon es kühl ist, weht doch der Wind wie warm. Das Wunder vollbringt das Erscheinen des herrlichen Festes. Hunderttausende stürzen sich in die Wellen des elektrischen Lichts. Jeder sucht etwas, um Kinder, eine Gattin, eine Braut, eine Schwiegermutter, einen Freund, ein Dienstmädchen, den Hausarzt, eine Nichte oder ein anderes ihm ans Herz gewachsenes Wesen zu erfreuen. Alles erinnert an das Fest. »Feste Preise« lesen wir in den Schaufenstern. Im Gedränge bekommt man Püffe, man entschuldigt sich, das Hühnerauge wird von einem Fußtritt geblendet, man bittet um Vergebung. Das Automobil grunzt, die Straßenbahn faucht, überall Fröhlichkeit. Und über dem Ganzen wölbt sich der von Sternen wimmelnde Himmel und der Mond lächelt herab auf mehr oder weniger Gerechte und Ungerechte, einerlei, ob sie acht Postkarten für zehn Pfennige oder »Briefe, die ihn nicht erreichten« kaufen. Wer denkt heute an die Sorgen des Lebens?

Ich sage: Niemand. Und niemand bezweifelt es.

Es wäre schön, wenn es so bliebe!

Wird es so bleiben? Es ist mir, als schütteltest du mit dem Kopf, und ich fürchte: mit Recht.

Das herrliche Fest ist nur eine Episode, die Feststimmung zerrinnt. Noch einige Tage, und wir sind wieder mitten im Alltagsleben, und statt in den Augen der Nebenmenschen, was sie sich Schönes wünschen, lesen wir in den Zeitungen die Leitartikel und ist wieder alles beim Alten, den wir im Strom der Freude verschwunden wähnten. Und in der Flucht, welche die Erscheinungen zu ergreifen pflegen, vermissen wir den ruhenden Pol, das schöne Weihnachtsfest.

Zwei Tage lang schweigt die Politik, welche 363 Tage lang den Mund nicht hält, den ihr keine andere Macht halten kann, als sie selbst. Kaum aber sind die zwei Tage in das tagereiche Meer der Ewigkeit gesunken, so ruft unser Reichskanzler Bülow wieder seine zwei letzten Buchstaben aus, denn wieder muß er sich in das Getümmel der Parteien – ach, wenn sie doch wirklich nur ein Paar wären! – stürzen, wieder gründet Bebel an dem Zukunftsstaat herum, wieder werden Dreibund und Dreyfus als brennende Fragen kalte Wasserstrahlen erforderlich machen, wieder werden in dem Löwengarten der Politik die Mandschurei vom Altan zwischen den Tiger und den Leu'n mitten hineinfallen. Wieder werden wir auf einem Pulverfaß tanzen, und in jedem Augenblick kann der Blitz aus heiterem Himmel als zündender Funken fallen und dem Pulverfaß den Tanzboden ausschlagen und alles in die Luft fliegen wie Ikaros mit Wachsflügeln. Zwischen Lipp' und Kelchesrand schwebt die Tür des Janustempels, welche immer nur angelehnt ist und grade dann, wenn wir an nichts Böses denken, viel plötzlicher, als die Sonne, die Saaten, der Kuchen, ein Licht, oder ein Haus in Flammen aufgehen kann.

Aber wir wollen uns das Wässerchen der Feststimmung heute nicht trüben lassen. Kein politischer Mißklang soll sich in die Töne des Waldteufels, der Knarren und der Schreipuppe mischen, welche dem Kindchen Papa und Mama entgegenjubelt. Wir wollen nicht hoffen, daß der Frieden so leicht zerstört werden wird, wie alle Pfefferkuchen, von denen in einer Woche wenig mehr vorhanden sein wird als ein verdorbener Magen. Schon freuen sich jung und alt auf den Donnerstagabend, auf den Moment, wo die auf einen grünen Zweig gekommenen Kerzen mit den Augen um die Wette leuchten und die kühnsten Wunschzettel erfüllt werden durch Gaben, welche als simpler Hampelmann und Gattin und als wegen ihrer Bezahlung so schwere goldene Ketten unter dem Baum ausgebreitet liegen. Denken wir nicht weiter an das, was nach dem Fest kommen wird, sondern freuen wir uns des Festes, welches eine Pause bedeutet, wie sie politikfreier nicht gedacht werden kann. Und wollen wir uns eine besonders reine Freude bereiten, so wollen wir denken: Wie schön wäre es auf und in der Welt, wenn wir alljährlich 363 – im Schaltjahr 364 – Tage Weihnachten und nur zwei Tage politisches Leben hätten!

Kein Lamm ist so fromm wie dieser Wunsch! Wie wir uns den Kopf zerbrächen, wir würden keine Desideria finden, welche den Titel Pia mit mehr Recht tragen dürften.

Briefe, die mich nicht erreichten.

Bernau, den 1. Januar 1904.

W. Seit länger als einem Jahrhundert zieht man am Neujahrstage aus dem Wortschatz der poetischen Sprache den Zahn der Zeit, in welchen abermals ein Jahr hinabstieg, oder steht man am Meeresstrand der Ewigkeit gerade in dem Moment, wo dieser nimmersatte Ozean wiederum ein Jahr verschlingt. Wie meine geehrten Leser wissen, habe ich es stets verschmäht, diesen Zahn der Zeit und dieses Meer der Ewigkeit dem Kreise meiner Neujahrsbetrachtungen anzufügen. Immer habe ich mir gesagt, daß der alljährlich zwischen dem 31. Dezember und dem 1. Januar wiederkehrende Jahreswechsel ein akzeptierter ist, den wir ohne poetische Redefloskeln einzulösen haben. Immer überließ ich diese gerne den Dichtern, deren Aufgabe es ist, alles anders zu sagen, als wir es in der Schule mit der Grammatik eingesogen haben. Dies liegt daran, daß ich in der Silvesternacht niemals das Poetische entdecken konnte, wie es von den etablierten Poeten, Reimern, Skandierern und Dichtern tatsächlich entdeckt worden ist. Entweder wurde mir, wenn ich in der Großstadt war, um die Mitternachtsstunde der an dem Jahreswechsel ganz unschuldige Hut angetrieben, oder ich erwachte am nächsten Morgen durch das eintönige Miau des Katers, in den sich in den reichen Armen des Morpheus der Affe verwandelt hatte, welchen Vierhänder ich mir aus der Punschbowle angeschlürft. Das war doch nichts als die Prosa, wie sie im Buche steht, welches uns das Alltagsleben in unsere Bibliothek stellt. Immer hatte ich nur die Empfindung, die zwölf Schläge der Sylvesterglocke seien auf mich niedergesaust und hätten mich braun und blau geschlagen, so daß ich mich kaum rühren konnte. Dies meine ich natürlich bildlich. Körperlich war mir nicht wehgetan, ich war nicht opodeldokreif und brauchte nicht den Arzt aufzusuchen, um mir genau sagen zu lassen, was meine Lebenskraft unheilbar verzehrt hatte. Aber meine Seele war durchbläut, und der Mensch ist in solcher Lage nicht imstande, der armen Seele den ersten Verband anzulegen, oder sie mit irgend einem Bleiwasser einreiben zu lassen. Der geschätzte Leser wird sagen: »So spricht ein Pessi – verzeihen Sie das harte Wort! – mist«, aber es freut mich, ihm antworten zu können: Viel

Glück auf den Holzweg! Nein, ich bin sogar ein Opti, um mit der dritten Silbe nicht nochmals des Lesers Nase und Ohr zu verletzen. Ja, ich wiederhole: Ich bin kein Pessi, ich bin ein Opti. Als man mir am ersten Januar Null Drei die Hand schüttelte, als sei sie zugleich ein Kopf und ein Obstbaum, und mir Fortuna wünschte, so daß ich mir zurufen mußte: »Mein Gott, so viel Fortuna gibt es ja gar nicht!« dachte ich trotzdem: Nun, vielleicht hilft es einmal, vielleicht wird das Schwein, welches man mir in Marzipan, in Holz, auf Postkarten ins Haus gesandt, denn doch im Laufe des Jahres das Licht des Tatsächlichen erblicken. Ein bronzenes Schweinchen hing ich sogar an meine Uhrkette, und als ich diese mit der Uhr versetzen mußte, stellte ich das Schweinchen auf den Pfandschein, immer wieder denkend: Vielleicht hilft es einmal. Aber das Schweinchen blieb Allegorie. Ich sah bald ein, daß das Schwein ein Tier ist, welches man nicht hat. Fortuna ist eine Göttin, welche immer fort ist, wenn man glaubt, sie bei ihren Füllhörnern gepackt zu haben. Das Glück, sagt Heine, ist eine leichte Dirne, die, sagt Raupach, niemals mit den Hohenstaufen war, aber wenn Goethe sagt: Lerne nur das Glück ergreifen, denn das Glück ist immer da, so kann ich nur sagen: Ich bin nie da, wo das Glück immer ist, ja, ich habe stets vergessen, was nicht zu ändern ist, aber glücklich bin ich deshalb nicht gewesen. Noch neulich erklärte mir ein Schneider, mein Winterpaletot sei nicht zu ändern, ich vergaß es, aber glücklich hat es mich nicht gemacht, und wenn ich tausendmal vergessen könnte, daß meine Nase nicht zu ändern sei, könnte mich das glücklich machen? Ja? Nun, lieber Leser, dann hast Du nicht bedacht, was ich sagte.

Ich war vor genau einem Jahr unter Glückwünschen kaum förmlich begraben, als mich Briefe erreichten, denen alles fehlte, was die Erfüllung von Glückwünschen bedeuten konnte. Mein Briefkasten war zum Mahnbriefkasten geworden. Der eine Gläubiger wollte nicht länger warten, der andere ballte gar das Gericht gegen mich. Wenn Schweigen wirklich Gold wäre, so wäre es ein Leichtes gewesen, meine Schulden zu bezahlen, denn ich beantwortete die Briefe durch ein derartiges Schweigen, daß es dem Gott der Glücklichen zum Verwechseln ähnlich sah. Aber nicht lange, denn dieselben Briefe kamen wieder und immer wieder, und all das Glückwünschen hatte mir so wenig genützt, daß ich auch nicht einem einzigen

Gläubiger mit einem blanken Zwanzigmarkstück ins Gesicht springen konnte.

Und ich will ehrlich eingestehen: Als mir vor einem Jahr zum neuen Jahr gratuliert wurde, – ich habe eine große Schar von Gratulyrikern unter meinen Freunden, – malte ich mir im Traum ein Bild von Glück in einem goldenen Rahmen, wie keines bisher in einer der vielen Kunstausstellungen zu schauen gewesen ist. Ich träumte wie ein Menzel, in den ein Knaus gefahren war, der aus Böcklin und Stuck bestand und selbst von Liebermann für einen Skarbina erklärt wurde. Mir träumten Briefe.

Ich will hier einige mitteilen:

I.

Millardwaukee, den 1. Mai 1903.

Mein Di-Amant!

Wenn mir jemals ein Stein vom Herzen fiel, den kein geaichter Edelsteinkenner unter 20 000 Dollars taxieren würde, so ist es in diesem Augenblick geschehen, wo ich den Entschluß à jour faßte, Dir zu schreiben.

Ich liebe Dich, Herrlicher, und biete Dir Herz und Hand. In der Hand liegt eine Mitgift von ungezählten Millionen. Greife zu, und Du wirst Zeit finden, sie zu zählen. Dann wirst Du sorgenlos Deine Kriegsberichte schreiben und nicht mehr nötig haben, Deine geehrte Redaktion um Vorschüsse zu bitten, die ich durch das Mikroskop erblicken muß, um sie auch dann nicht für nennenswerte Sümmchen zu halten. In Deine Kriegsberichte habe ich mich bis über hundert Ohren verliebt, wenn ich sie hätte. Aber wenn Du die Boutons sehen würdest, die ich in meiner geringen Anzahl Ohren zu tragen pflege, so würdest Du sehen, daß sie mehr wert sind als das Hundertfache aller Vorschüsse, die Du bisher nicht erhalten hast.

Lächle nicht ungläubig, Goldgrube meiner Seele! Ich will zu einer Dichtersgattin erhoben sein aus dem Kohlenstaub der Bergwerke meines Vaters, der zwar einen sehr guten Magen hat, aber nicht 25 pCt. der Zinsen seiner Renten verzehren kann, obschon ich ihm redlich beistehe. Ich habe ihm erklärt, daß ich nicht wie viele Amerikanerinnen den Titel eines Herzogs heiraten will, dessen Schloß in

117

England vis-à-vis de rien steht und einen Stammbaum hat, in dessen Schatten er vor Schulden nicht schlafen kann. Antworte mir sofort, antworte mir: Ja! – Beigehend hunderttausend Mark für Porto – und nenne mich Deine Miss Wippchen. Noch aber bin ich Deine bis zum Eintreffen Deiner Antwort

schlaflose Milliardärstochter
Hermione Cressida Krösos .

*

II.

Enthaltend die Ernennung zum Ehrenbürger. Unterzeichnet:

Der Magistrat von Bernau.

*

III.

(Aus dem Schwedischen.)

Stockholm, den 10. Mai 1905.

Hochgeehrter Herr!

Die Existenz des Nobelpreises dürfte Ihnen bekannt sein.

Herr Nobel selig machte seinem Namen alle Ehre, als er sein Vermögen dazu bestimmte, diejenigen Männer zu belohnen, zu unterstützen und zu sorgenlosem Weiterarbeiten anzuspornen, welche unsterbliche Werke des Friedens geschaffen haben.

Sie, hochgeehrter Herr, sind einer dieser Männer. Zu dieser Erkenntnis sind wir endlich gelangt, nachdem wir Sie durch eine Reihe von Jahren beobachtet haben, wie Sie, fern vom Treiben der deutschen Reichshauptstadt, unausgesetzt tätig gewesen sind, den Krieg in seiner ganzen Abscheulichkeit und Unmenschlichkeit, in seinen männermordenden Zwecken und Zielen, in seinem Zerstören von Menschenglück, in seinen Greueln und Gewalttaten zu schildern. Wenn eine, so ist Ihre schriftstellerische Tätigkeit ein Friedenswerk, an welchem Sie nun seit dem Mai 1877 arbeiten, also seit länger als einem Vierteljahrhundert.

Wir haben uns den Vorwurf zu machen, daß wir das 25jährige Jubiläum Ihrer Kriegsberichterstattung vorübergehen ließen, ohne im Sinne der großen Nobelstiftung unsere Pflicht zu tun. Dies soll nun nachgeholt werden, indem wir Ihnen die Mitteilung machen, daß wir mit Stimmeneinheit beschlossen haben, Ihnen jetzt den Nobelpreis zu erteilen.

Indem wir wünschen, daß Sie sich des Besitzes desselben noch viele Jahre freuen und daß Sie seine Zinsen dazu verwenden mögen, sorgenlos an Ihrem segensreichen Friedenswerke weiter zu arbeiten, zeichnen wir, hochgeehrter Herr,

in treuer Ergebenheit

Die Verwalter der Nobelstiftung.

*

Mit der Veröffentlichung dieser drei Briefe, die mich nicht erreichten, will ich bewiesen haben. daß alle Glückwünsche zum neuen Jahr weniger nützen, als vielleicht von den Gratulanten beabsichtigt zu werden pflegt, keinenfalls aber mehr, als wenn überhaupt kein Prosit Neujahr, keine Gratulation und kein Neujahrswunsch gesprochen, geschrieben, zugetrunken, telephoniert, telegraphiert, oder gedruckt würde.

Und nun: Glückauf ins neue Jahr!

Bebel und die Hereros.

Berlin, den 18. März 1904.

W. Ich bin eigentlich kein Freund von Besuchen bei bedeutenden
Persönlichkeiten. Denn fünftens erfährt man eigentlich nichts. Auch
die vorhergehenden vier Gründe sind durchaus triftig, aber jeder
Leser kennt sie bereits. Ich habe sehr schlimme Erfahrungen gemacht. Die schlimmste ist die, daß doch nur in den allerseltensten
Fällen derjenige, dem der Besuch gilt, hinausgeworfen wird. Meist
ist dies der Besucher. Wieviele Versuche sind mißglückt, das Fliegen zu erfinden! Gewöhnlich endete der Erfinder des Fliegens in
dem Flügel irgend einer Irrenanstalt. Aber noch hat kein Erfinder
sich damit beschäftigt, in Mittel zu entdecken, auf welche Weise ein
Interviewer nicht hinausfliegt, wenn er eben in aller Bescheidenheit
auseinandergesetzt hat, in welcher Absicht er erschienen ist. Das
Nichtfliegen sollte erfunden werden! Freilich wäre uns damit noch
nicht geholfen. Ich glaube, daß dem berühmten armen Teufel, der
am Ende der Schillerschen Räuber elf lebendige Kinder hat, sicherer
geholfen werden kann, als dem Interviewer. Wie häufig habe ich
Berühmtheiten interviewt, welche nichts für mich hatten als einen
Spieß, den sie umdrehten, worauf sie mich ausfragten. Während ich
erschienen war, um zu hören, wollten sie Dinge von mir wissen,
von denen ich keine Ahnung hatte. Ich versuchte, ihren aufdringli-
chen Fragen – verzeihen Sie das harte Wort! – auszuweichen, aber
es nützte nichts, und da ich nicht Lust hatte, fortwährend wie Pene-
lope bei Nacht zu vernichten, was ich den Tag über gewebt, mit
einem Wort: eine Sisyphusarbeit vorzunehmen, so erfernte ich
mich, ohne irgend etwas erfahren zu haben. Andere Berühmtheiten
waren sogar boshaft genug, mir Fragen vorzulegen, die überhaupt
nicht beantwortet werden konnten. Am schlimmsten verlief ein
Besuch bei Sonnenthal. Er war eines Tages in Berlin eingetroffen,
und ich ließ mich bei ihm melden. Als ich bei ihm eintraf, rief er:
»Endlich!« und beeilte sich, Platz zu nehmen. Aha, dachte ich, bei
Sonnenthal ist, wie gewöhnlich, kein Sitz zu haben, und ich begnügte mich bescheiden. O, meinte er, damit kommen Sie mir nicht davon, Sie müssen mir heute einige Fragen beantworten, welche mich
auf meiner langen Künstlerlaufbahn in der peinlichsten Weise be-

lästigt haben, und die ich nun endlich aus der Welt schaffen möchte. Sagen Sie also, lieber Freund, und bitte! ohne Umschweife: »Sein oder Nichtsein?«

Ich sah ihn fragend an. I, sagte er energisch, damit ist mir nicht gedient, und wenn Sie mir die Antwort schuldig bleiben, so bitte ich Sie, mir wenigstens zu sagen: »Siehst Du den schwarzen Hund durch Saat und Stoppel streifen?«

In großer Verlegenheit stammelte ich: Meister, ich sehe –

Weichen Sie mir nicht aus! fiel mir Sonnenthal ins Wort, antworten Sie mit ja oder nein. Ich will keine Ungewißheit mehr! Sagen Sie mir: »Hast Du zur Nacht gebetet, Desdemona?« Und als ich ihm sehr bestürzt ins Auge schwieg, rief er: »Wer lacht da?« und nach einer neuen Pause: »Wär's möglich? Könnt' ich nicht mehr zurück, wie mir's beliebt?«

Da faßte ich mir ein Herz und sagte: Nach Wien zurück? O wir freuen uns, daß Sie endlich wieder da sind!

Nun wurde er sehr böse, indem er aufstand und rief: »Doch warum endlich? Hab' ich denn eher wiederkommen wollen? Und wiederkommen können?«

Ich suchte ihn zu beruhigen: Aber Meister, so war es ja gar nicht gemeint. Wir bedauern nur, daß Sie kommen, um von der Berliner Bühne Abschied zu nehmen. Ich bitte Sie, mir zur Erinnerung an diese Stunde Ihr Autogramm zu geben und es mit Ihrem Bilde zu schmücken.

Da rief Sonnenthal: Die letzte Frage aus meiner Posarolle: »Kann ein Gemälde Ihre Ruhe trüben?« Denken Sie über die Antwort nach, und wie immer sie ausfallen möge, ich werde Ihnen dankbar sein.

Ich sah wohl ein, daß ich den Künstler in einem ungünstigen Moment interviewen wollte, versprach ihm, wiederzukommen, wenn er einmal weniger neugierig sein sollte, und zündete mir draußen die Zigarre an, welche er mir drinnen nicht gegeben hatte.

Hiermit glaube ich die Gefahren erschöpfend geschildert zu haben, welche uns drohen, wenn wir Männer aufsuchen, welche mit einem Fuß in der Unsterblichkeit stehen. Ich habe es so dick bekommen, daß ich wünschen kann, ich spräche jetzt von meinem

Fell. Und doch konnte ich es nicht unterlassen, Bebel aufzusuchen, als er im Reichstag über die Hereros gesprochen hatte. Wir liegen im Kampf mit ihnen, er steht ihnen bei, sie haben sich auf die Lauer gelegt, um uns zu meucheln, er will nicht, das wir diese Lauer mit Sturm nehmen und die Feinde vertreiben.

Bebel ist der berühmteste Führer der Sozialdemokratie. Seit länger als vierzig Jahren hat er fortwährend die Lage der Arbeiter derart verbessert, daß deren Unzufriedenheit heute noch ununterbrochen ihren höchsten Grad erreicht. Er selbst ist Drechsler und dadurch, daß er nie die Arbeit niederlegte und im Schweiße seines Angesichtes von Zeit zu Zeit erbte, ein wohlhabender Mann geworden. So wurde er ein Freund der Enterbten, indem er weiß, wie viel eine gute Erbschaft dazu beitragen kann, die Armut zu verscheuchen. Wäre Reden wirklich Silber, so wäre durch ihn, selbst wenn man weiß, wie sehr das Silber entwertet ist, die Lage der Arbeiter längst eine ausgezeichnete. So sucht er sie denn durch andauerndes Aufmuntern zum Streiken möglichst zu verbessern.

Am 17. hatte er im Reichstag für die Hereros das Wort ergriffen. Am 18. besuchte ich ihn, um von ihm zu hören, was er beabsichtigte, diesen unglücklichen Schwarzen ein weißenwürdiges Dasein zu erkämpfen.

Was sind Sie? fragte er mich, als mich sein Diener gemeldet hatte.

Ich sagte ihm, daß ich Berichtefabrikarbeiter sei.

Sie müssen die Arbeit niederlegen, rief er freundlich, denn Sie werden schlecht bezahlt. Sie dürfen sich nicht von den Redaktionsjunkern, diesen Tintesaugern und Zeilenvampyren, ausbeuten lassen. Sie müssen höhere Honorare verlangen, und wenn Sie solche erreicht haben, in den Ausstand treten, um das Doppelte zu begehren, um dann mitten im Kriege die Feder in den Schoß zu legen und keinen Halter zu rühren, bis Ihnen bewilligt ist, was Sie fordern. Ihr Wahlspruch muß lauten: Lieber aus der Streikkasse sich sättigen als hungern. Denken Sie an Frau und Kinder!

Ich bin nicht verheiratet, Meister! sagte ich.

Das macht nichts, sagte er, Sie müssen trotzdem immer an sie denken. Wenn Sie keine Frau und keine Kinder haben, desto besser für sie, aber wie würden sie darben, wenn Sie sie hätten! Wozu haben Sie einen Daumen, wenn Sie ihn den Arbeitgebern, die sich im Schweiß der Familie, die Sie nicht haben, baden, nicht aufs Auge drücken wollen? Sonst geht es Ihnen wie den Hereros.

Da hatte sich also der große Agitator selbst mitten in die Medias res hineingeredet.

Die armen Hereros! rief er aus. Es geht ihnen wie den Schweizern. Kennen Sie den Tell? Lesen Sie ihn. Er ist eines der gesammelten Werke Schillers. Da kommen die Geßlerschen, die ihnen die Augen ausstechen und ihren Söhnen Äpfel vom Kopf schießen lassen. Diese Geßlerschen! Und welche Ähnlichkeit mit dem Namen eines früheren Kriegsministers! Ich will ihn nicht nennen, will kein böses Blut machen, er lautet Goßler. Da rottet sich also der Schweizer zusammen und geht den Geßlerschen zu Leibe. Denn es führt kein anderer Weg nach Küßnacht. Auch bei den Hottentotten nicht. Sie lebten still und friedlich, waren harmlose Jäger, und die Geßlersche Schutztruppe verwandelte ihre Milch der frommen Denkart in gährend Drachengift. Das kann sich kein Hottentotte gefallen lassen. Die Schutztruppe hat ja da nichts zu suchen. Deutschland soll wenigstens das Hereroland mit seinen kleinen Garnisonen verschonen. Statt dessen wenden sich die deutschen Bundesstaaten an mich und bitten um Geld, weil sie die Hottentotten und Hereros noch mehr Augen ausstechen und noch mehr Äpfel vom Kopf schießen lassen wollen. Da, in der allerhöchsten Not bitte ich ums Wort und sage Nein! Die Geßlerschen sollen um Verzeihung bitten, alles ersetzen, was die unglücklichen Hereros ihnen im Zorn niedergebrannt und verwüstet haben, und wieder nach Deutschland kommen.

Das geht aber doch nicht! rief ich, als Meister Bebel geendet hatte. Wir können uns doch nicht angreifen lassen, ohne uns zu verteidigen, und um Entschuldigung bitten: Bitte, bitte, lieber Herero, seien Sie nicht böse, es war ja nicht so schlimm gemeint, und es soll auch nicht wieder vorkommen! Geben Sie uns die Hand und dann werfen Sie uns hinaus!

Der berühmte Agitator zündete sich eine Zigarre an, wie sie noch auf keiner Maifeier geraucht worden ist, und sagte dann ganz gemütlich: Aber, lieber Freund, so meine ich es auch gar nicht. Ich muß nur alles tadeln, was die Regierung tut. Wenn sie also unsere

Kolonie fahren lassen würde, so würde ich im Reichstag im Namen des Reiches fordern, daß unsere Ehre gewahrt und an den Hereros durch eine hinreichend verstärkte Schutztruppe ein Exempel statuiert werde. Ich würde sagen: Meine Herren, wir haben A gesagt, nun muß das Alphabet bis zum Z durchbuchstabiert werden. Die Regierung will das Hereroland verlassen, die Kolonie aufgeben, sie will Deutschland dem Gespött aussetzen, der Verachtung preisgeben. Das wollen wir nicht dulden. Die Hereros haben sich empört, Ansiedler getötet, Dörfer und Felder verwüstet. Das muß bestraft werden mit bewaffneter Hand. Es muß den Barbaren gezeigt werden, wer der Zivilisierte, d. h. der Stärkere ist. Und die Genossen werden mir zujubeln wie immer, wenn ich mit dem Kopf durch den Bundesrat gehe.

Wir schüttelten uns die Hände. Als ich fortging, forderte mich der Genossenführer nochmals auf, die Arbeit niederzulegen und, wenn ich nicht das doppelte Honorar erhielte, kein Blutbad mehr zwischen den Russen und den Japanern anzurichten. Das fehlte noch!

Über tredition

Eigenes Buch veröffentlichen

tredition wurde 2006 in Hamburg gegründet und hat seither mehrere tausend Buchtitel veröffentlicht. Autoren veröffentlichen in wenigen leichten Schritten gedruckte Bücher, e-Books und audio-Books. tredition hat das Ziel, die beste und fairste Veröffentlichungsmöglichkeit für Autoren zu bieten.

tredition wurde mit der Erkenntnis gegründet, dass nur etwa jedes 200. bei Verlagen eingereichte Manuskript veröffentlicht wird. Dabei hat jedes Buch seinen Markt, also seine Leser. tredition sorgt dafür, dass für jedes Buch die Leserschaft auch erreicht wird.

Im einzigartigen Literatur-Netzwerk von tredition bieten zahlreiche Literatur-Partner (das sind Lektoren, Übersetzer, Hörbuchsprecher und Illustratoren) ihre Dienstleistung an, um Manuskripte zu verbessern oder die Vielfalt zu erhöhen. Autoren vereinbaren direkt mit den Literatur-Partnern die Konditionen ihrer Zusammenarbeit und partizipieren gemeinsam am Erfolg des Buches.

Das gesamte Verlagsprogramm von tredition ist bei allen stationären Buchhandlungen und Online-Buchhändlern wie z. B. Amazon erhältlich. e-Books stehen bei den führenden Online-Portalen (z. B. iBookstore von Apple oder Kindle von Amazon) zum Verkauf.

Einfach leicht ein Buch veröffentlichen: **www.tredition.de**

Eigene Buchreihe oder eigenen Verlag gründen

Seit 2009 bietet tredition sein Verlagskonzept auch als sogenanntes "White-Label" an. Das bedeutet, dass andere Unternehmen, Institutionen und Personen risikofrei und unkompliziert selbst zum Herausgeber von Büchern und Buchreihen unter eigener Marke werden können. tredition übernimmt dabei das komplette Herstellungs- und Distributionsrisiko.

Zahlreiche Zeitschriften-, Zeitungs- und Buchverlage, Universitäten, Forschungseinrichtungen u.v.m. nutzen diese Dienstleistung von tredition, um unter eigener Marke ohne Risiko Bücher zu verlegen.

Alle Informationen im Internet: **www.tredition.de/fuer-verlage**

tredition wurde mit mehreren Innovationspreisen ausgezeichnet, u. a. mit dem Webfuture Award und dem Innovationspreis der Buch Digitale.

tredition ist Mitglied im Börsenverein des Deutschen Buchhandels.

Dieses Werk elektronisch lesen

Dieses Werk ist Teil der Gutenberg-DE Edition DVD. Diese enthält das komplette Archiv des Projekt Gutenberg-DE. Die DVD ist im Internet erhältlich auf **http://gutenbergshop.abc.de**